照り映える陽射しの中で、
宗哉が純平を高く抱え上げる。
祐希は眩さに目をすがめ、
二人に向かって微笑みかけた。

ラルーナ文庫

猫を拾ったら
猛犬がついてきました

かみそう都芭

三交社

CONTENTS

Illustration

小椋ムク

猫を拾ったら猛犬がついてきました

本作品はフィクションです。
実際の人物・団体・事件などにはいっさい関係ありません。

「お先に上がりまーす」

源氏名ユキこと成瀬《なるせ》祐希《ゆうき》は、ホステス仲間に手を振ってマーメイドラインのドレスをひるがえした。

このクランベリーという店はそんなに広くはないけれど、小さなステージもあって、従業員を十数人抱えるメンズオンリーのゲイバーだ。

オーナーである登紀子《ときこ》ママの人柄で常連客は多く、週末ともなれば店内はほぼ満席で明け方近くまで賑《にぎ》わう。

今夜も盛り上がりはまだ続くけれど、深夜十二時でバイトは終了。祐希はカウンター脇《わき》にある赤いベルベットカーテンの奥から、二階の更衣室へと上がっていく。

鏡の前に座るとまずカツラを外し、キャラクター切り替えの息をフウとひとつ。

それからクレンジングクリームで丁寧に化粧を落とす。アーモンド型に描《えが》いたアイラインとシャドウが流れ、しだいにくっきりした二重の目元と、チークの下からはシャープなフェイスラインが現れる。

茶色がかったサラサラの髪で整った顔立ちだけど、地味なポロシャツとスラックスに着替えると、ゴージャスなホステス姿の面影は皆無の『普通の男』に戻る祐希だ。

「祐希、これこれ。忘れるとこだったわ」

登紀子ママがドアを開け、紙袋を差し出した。

「厨房《ちゅうぼう》の山《やま》さんの旅行土産《みやげ》。美味《おい》しそうなお菓子だから純平《じゅんぺい》ちゃんにとっておいたの。食べさせてあげて」

「いつもすいません。山さんに、お礼言っていかなきゃだな」

お菓子の袋を受け取った祐希は、言葉遣いも仕種《しぐさ》も平常どおり。別にオネエでもなければ女装が趣味なわけでもない。実は本業は男性向け官能小説家なのだが、どちらかといえば不本意なこのホステスバイトは、従兄《いとこ》の忘れ形見である三歳の純平を育てるための苦肉の手段なのである。

大学時代に出版社の賞に入選して以来、就職してからも仕事のかたわら一般小説誌に短編を寄稿していた。従兄の死後は純平のために会社を辞めて、コンスタントに仕事のもらえる官能小説にジャンルを変えて執筆を本業にした。収入は不定期不定額で豊かではないけれど、会社員時代より自由がきいてそれなりに幸せに暮らしてはいる。

しかし、なにしろヒットやベストセラーとは縁遠いエロジャンルのこと。純平の将来の学費を蓄えておかなきゃならないのに、執筆だけではカツカツの厳しい暮らしで貯金まで手が回らない。ということで、長いつき合いのママに相談して週二回だけ手伝わせてもらっているのだ。

「それじゃ、また来週ね。お疲れさま」

ママは軽くシナを作って言うと、筋肉質な胸板のパットの位置をグイとなおして店に下りていった。

頑丈そうな顎《あご》と、ルージュを引いた大きな口。体は男で心は女、というママのドレス姿はいかつくて、お世辞《せじ》にも似合うとは言えない。けれど、笑顔に世話焼きの人柄が表れる漢前《おとこまえ》なねえさんだ。

彼、いや、彼女は一般小説誌の元編集者で、祐希が作家デビューした当時の担当だった。それが五年前に突然ゲイであることをカミングアウトして出版社を辞め、堂々オカマに転身してこのクランベリーを開いたつわもの。身寄りのない境遇や心情的に複雑なものを抱える祐希にとって、七年に亙《わた》ってなにかと相談に乗ってくれている唯一頼れる人なのである。

水商売の母親に対応した夜間託児所は、クランベリーから歩いて五分ほどの歓楽街の外れにある。子供たちはみんなぐっすり眠っていて、「お待たせ。おうちに帰るよ」と小さく声をかけると、寝ぼけ眼をこすりながらも飛びついてきてくれる純平は、このうえもなく愛らしい。そしていじらしくて、胸がキュンと痛む。夜のバイトは今だけ、小学校に上がる前には本業だけで暮らせるように頑張るからね、と抱きしめて毎回心の中で約束する祐希だった。

宵《よい》のうちから降り始めた雨は、やむようすもなくシトシトと降り続ける。家まで電車でひと駅だけど、交通費全額支給でタクシーを使えるのはこんな時こそありがたい。

タクシーは大通りから住宅の密集した細い道路に入り、しばらく走った先にあるアパートの前で停車する。ドアが開くと、エンジン音にまぎれて「ぴにゃあ」という猫の鳴き声が聞こえてきた。

「にゃ……？」

祐希の膝《ひざ》でうとうとしていた純平が反応して、パチッと目を開けた。と思うや、膝から降りて外に飛び出していった。

「待って、純平。濡《ぬ》れちゃう」

祐希は運転手から釣銭を受け取ると、急いでタクシーを降りて純平を抱き上げる。

「ねこ、いるよ」

言う純平の指差す先には、電柱の陰に置かれた黒い大きなゴミ袋……。じゃなくて、近づいてよく見ると、ゴミにしては大きすぎるそれは人間。黒っぽいウインドブレーカーのフードを頭にすっぽりかぶり、前髪から雨の滴をたらして座り込む男だ。

その胸元から子猫が顔を出して、「ぴにいぃ」と憐《あわ》れを誘う声でなにか訴えてくる。

「ねこさん、すてられちゃったの？」

純平が無邪気に声をかけると、男がコクンと頷《うなず》いた。

「ねえねえ、ゆうパパ。かわいそう。ひろってあげよ？」

抱っこされた純平が、足をパタパタさせて小首を傾《かし》げる。

「この人が拾ってあげたみたいだよ」

男のようすは、なんだか飼えない猫を拾ってしまって家に帰れずに困っている子供みたいだ。でもいい大人なのだから、彼がなんとかするだろう。保護者がいるなら放っておけばいい。この雨の中でいつまでもかかわっていたらずぶ濡れになってしまう。

「さ、純平はおうちに帰ろう」

「いっしょに、ひろってあげよ？」

「なに言ってるの。この人は捨て猫じゃないでしょう」

優しい気持ちは理解できるけど、却下である。祐希は、純平をなだめながら男と子猫に背を向けた。

ところが——。

「お腹すいたにゃ」

低く棒読みな声が、背後から追いかけるようにして聞こえた。続けてすぐに。

「寒いにゃ」

純平が体をひねって首を伸ばす。

「拾ってほしいにゃ」

「う……」

立ち去ろうとする祐希の足が、思わずとまってしまった。どうやら子猫の憐れな気持ちを代弁しているらしい。そっと振り向いて見ると、男の懐から顔を出した子猫が「ふみぃぃ」と鳴いた。

純平がジタバタして祐希の腕をすり抜け、地面に下りると男に駆け寄ってしがみつく。

「ひろってあげようよ」

「だって、純平……」

祐希は男に向きなおり、腰を屈《かが》めてじっくり見おろした。

街灯に浮かび上がる顔は、祐希と近い二十代後半くらいの年齢だと思える。三十歳は越えていないだろう。濡れた毛先が緩くウェーブしていて、目元のきりりと吊《つ》り上がった精《せい》悍《かん》な顔立ちだ。もしやホームレスではとも思ったけれど、表情はしっかりしているし、身

なりに不潔さがないので少し安心して話しかけた。

「この猫、あなたが連れて帰るんだよね？」

質問、というより『そうでなきゃいけない』という押しつけのつもりで言ったのだが。

「いや、俺は今ちょっと、事情があって家には帰れない」

「え」

彼が猫を飼うか飼わないかの問題だと思ったのに、予想外の返答で次の言葉に困ってしまった。

「おうちがないの？」

「そんなとこだ。子猫を拾っちまってどうしたもんだか」

純平が慈愛の目をうるうるさせ、男はしがみつく純平の頭をポンポンと撫《な》でる。

どうしたもんだかは、こっちのセリフだ。アパート暮らしだし、動物なんて飼ったことがないからうまく育てられるかもわからない。でも情操教育のために、純平の納得する方法を選んでやりたいとは思う。

しばし考えた祐希は、雨に濡れた純平の肩に手を乗せ、もう片方の手を男の懐に向かって差し出した。

「とりあえず、猫はうちで預かるから」

「このこだけ？」

純平が、小さな口を尖《とが》らせて祐希を振り仰いだ。

「そうだよ。とにかく、早く家に入らないとびしょ濡れで純平が風邪《かぜ》ひく」

これで純平も納得すると思ったのだが、つぶらな瞳《ひとみ》に涙が滲《にじ》んだ。それがみるみる大きな粒になってホロリとほっぺにこぼれた。

「だめ。ちっさいこもおっきいこも、じゅんぺんちにつれてくの」

「お、大きい子って……この人は」

「優しいな、ボウズ。俺は大丈夫だから、家に入れ」

「だめだよ。おうちないの、かわいそお」

すがる目で見上げる純平の口がへの字に曲がって、祐希はちょっと慌てた。大泣き寸前の顔だ。

「じ、純平」

祐希は口の前に人差し指をたて『静かに』のジェスチャーをした。

思いやりある優しい子に育ってくれているのは、誇らしくもあるけれど……。なにしろ古い木造家屋が多い下町の密集住宅街のこと。夜中の十二時過ぎに大声で泣かれたら、近所迷惑になる。苦情が出る。

しかしダダをこねるなと切り捨てるようなことだけはしたくないし、祐希は弱りはてて頭を抱えた。

——祐希の母は、身を持ち崩したシングルマザーだった。

育児放棄の末に男と手をとり行方をくらましたのは、祐希がまだ三歳になったばかりの頃。常から心配してくれていた祖母に引き取られ、初めて肉親の愛情というものを知ったのだが、その祖母との暮らしはたった三年。急な病気で、寝つく間もなく他界してしまった。そのあとは、迷惑がる親戚《しんせき》の家をたらい回し。今になってみれば、つき合いの薄い血縁の子供の面倒をみるなど、それぞれの事情があって大変だったのだろうというのは理解できる。けれど、当時は毎日がひどく辛《つら》かった。虐待こそなかったものの、どの家でも邪魔者扱いの冷たい態度で、身の置きどころがなかった。子供ながらに気を遣い、縮こまって暮らすことを覚えた。

そんな祐希に手を差し伸べてくれたのは、六歳年上の従兄の雅文《まさふみ》。祐希が中学に上がってすぐのことだった。

祐希の伯母《おば》でもある雅文の母は、祖母と暮らしてる頃に何度か会いにきてくれて、優しい人だったのを覚えている。しかし、離婚して母一人子一人だったのだが、癌《がん》を患い雅文が高校卒業したのを見届けるかのようにして亡くなった。その、親戚に連れられて参列した葬儀のあと、雅文が言ってくれたのだ。

『もっと早く呼んであげたかったんだけどね、うちも母子家庭でちょっと生活が苦しかったから。母さんはずっと祐希のこと気にしてた。だから、うちにおいで。今頃になったけど、これからは二人で助け合って暮らしていこう』

嬉《うれ》しくて胸が震えた。伯母が気にかけてくれていたなんて、一緒に暮らそうと望んでくれる人がいるなんて、まるで夢を見ているみたいだった。恥ずかしながら、白馬に乗った王子様が迎えにきてくれたような、そんな乙女の気分にさえなったほどだった。

真面目《まじめ》で働き者の雅文は、祐希を大学にまでいかせてくれて、肩を寄せ合って暮らしてきた。居場所のなかった祐希にとって、彼はなによりも大切で特別な存在。やがて気立てのいい女性が加わって三人家族となり、そして純平が生まれて四人家族になった。

けれど、二年前――。まだ一歳だった純平を残し、雅文夫婦は事故に巻き込まれて帰らぬ人となってしまった。

大切な人たちは、指の間から砂がこぼれるようにしていなくなってしまう。平穏と幸せは永遠には続かないのだと、悲しみの淵《ふち》で否応なく悟らされた。そんな境遇もあって、今は純平だけが生きがい。健康に気遣い事故に気をつけ、一日でも長くこの子のそばにいてやりたいと年寄りみたいに願う日々。

だから、こんなふうに泣きべそですがる目をされたら全力で応《こた》えてやりたいと思ってしまう。幼くして両親に先立たれた純平に『かわいそう』と言われては、むげに置いてはいけない。

祐希は眉間《みけん》のシワに人差し指をあて、ため息まじりで言った。

「ちょっとだけ……うちに寄ってくれないかな。あとで傘を貸すから」

男が、クスと小さく笑った。その意味はよくわからないけど、表情の感じからして好意的な笑みのように思えた。

「ふたりともつれてく？」

「う、うん。そうだね」

とりあえず、ちょっとだけ。と祐希は口の中でつけ足す。

「やったあ。よかった」

涙が引っ込んだ純平は、飛び上がって大喜びだ。

「話のわかる父ちゃんだな。ほれ、こいつ。かっこいい名前をつけてやれ」

男は、純平に子猫を抱っこさせてムクリと立ち上がった。見上げてしまうほどの高身長だ。百八十センチ以上はあるだろうか。引き締まった筋肉質で手足が長く、バランスのとれたプロポーションをしているのが薄暗がりでもひと目でわかる。

「なまえ、なににしよう。あ、おおきいねこさんは、なんていうの？」

「だから、その人は猫じゃなく……」

いつもならぐっすりの時間で、まだ寝ぼけているのだろうか。それとも、わかっていながらもなんとなくそう言っているだけなのか。三歳児の思考回路は大人には謎《なぞ》だらけだ。

「俺は、宇梶宗哉《うかじそうや》」

「そーや。かっこいいなまえだね。じゅんぺはねえ、じゅんぺってゆうの」

「成瀬純平でしょ。よろしくの挨拶《あいさつ》は？」

「なるせじゅんぺえ。よろくし」

成長を見守る育ての親としては、たどたどしさの残る口がかわいくてしかたない。祐希自慢の純平のかわいさは、宗哉にもしっかり伝わっているようだ。

「おう、よろくしな」

宗哉はププッと吹き出しながら、純平の頭をワシワシ撫でた。

純平と住む小さな我が家は、外階段を上がった二階の角部屋。雅文亡きあと、四人で暮らしていたマンションから節約のために安い家賃を探して越してきた。築三十年のボロアパートだけど2DKあって、家具の少ない二人暮らしには充分だ。

「ゆうパパー、にゃーたんでるよー」

風呂《ふろ》場から、純平が元気に呼ばわる。

「はいはい。夜中だから大きな声出さないでね」

にゃーたんとは、純平がさっそくつけた猫の名前である。一生懸命に考えたわりにひねりがないけど、いかにも子供らしい命名で、白黒ブチの子猫にはぴったりだと思う。

タオルを用意して脱衣場に入ると、風呂のガラス戸が開いて宗哉のキズだらけの手がニュッと子猫のにゃーたんを差し出した。

雨に濡れたままいられるのは迷惑。なので、服を乾かすからその間に風呂に入れと勧めた。すると宗哉が、ついでに純平と猫も洗ってやる、と申し出てくれたのでお願いすることにしたのだ。

「ひっかかれたの?」

びしょ濡れのにゃーたんが、足の指をめいっぱい開いてジタバタもがく。

「全力で抵抗したからな」

「薬つけなきゃ」

「小さな爪《つめ》だ。たいしたことない」

「じゅんぺもひっかかれた。たいしたことない」

宗哉の真似《まね》をして言う純平が、宗哉の横から得意げになって両手を伸ばして見せる。

柔らかな皮膚に、薔薇《ばら》のトゲでこすったような薄いキズがいくつかあって、薄っすら血が滲んでいる。だけど自分が保護した子猫を洗ってやってできたキズは、純平にしたら勲章みたいなものなのだろう。

「そっか。男の子だもんね、強いね。でもいちおう、あとで薬つけておこう？」

「うん。あとでね」

「次は純平の番だぞ」

祐希がタオルでにゃーたんを受け取ると、純平はご機嫌でガラス戸を閉める。風呂の中から楽しそうな話し声が聞こえて、どうやら二人はすっかり仲良しになったようすだ。

痩《や》せた子猫は、被毛《ひもう》がびしょびしょだとますます小さく見えて頼りない。尻尾《しっぽ》なんかネズミかと思うほど細くなって、お腹やら背中やらの地肌がスケスケでなんだか憐れさえもよおすくらいだ。タオルでよく拭《ふ》いてやると、にゃーたんは一心に毛づくろいする。ドライヤーで乾かしてやろうと温風をかけたら、びっくりして怯《おび》えて逃げたので、やめて自然乾燥に任せることにした。

ってもらっていた。

「じゅんぺもでたー」

しばらくすると、再び純平が風呂場から呼ぶ。

キズ薬を持って脱衣場に入ると、ホカホカの純平が宗哉にバスタオルで体を拭いてもらっていた。

その宗哉の後ろ姿を見て、祐希はギクリとして身を強張《こわば》らせた。

惜しげもなくさらした裸体の背中に描かれた絵。うねる竜の鱗《うろこ》を背景にした夜叉《やしゃ》が、恐ろしい目で睨《にら》みつけてくる。裂けた口は触れたら指を食い千切られてしまいそうなほど、躍動感と迫力ある図柄の刺青《いれずみ》だ。

こんな彫り物を間近に見たのは初めてで、繊細かつ力強い芸術作品に目を奪われてしまう。しかし、本格的な刺青を背負ってるということは、宗哉はたぶんその筋の人間。いい人そうにふるまってるけどまさか怒らせたら怖いとか、貴重品強奪とか、世間一般で言われる物騒なヤクザに豹変《ひょうへん》したりしないか、ちょっと心配も頭をよぎる。

瞬《まばた》きを忘れて凝視していると、宗哉は用意してやった浴衣に急いで袖《そで》を通した。

「つまらねえもん見せちまったな」

言われて、祐希はハタと我にかえった。

「すまない。見なかったことにしておいてくれ」

「あ……いや、うん」

すまなそうに詫《わ》びられて、祐希は言葉を濁して視線を逸《そ》らした。

ヤクザだということを隠しておきたいのだろうか。過去には触れられたくないのだろうかと、いきなり謝られてなんだかこっちが気を遣ってしまう。もしかしたら、刺青は彼の汚点と黒歴史で、今は更生希望の元ヤクザなのかもしれない。誰《だれ》にでも若気の至りや過ちはある。刺青をひけらかさない態度には好感が持てるし、純平には優しくしてくれている男だ。子供好き動物好きに悪人はいないと考えて、目を瞑《つぶ》ることにした。

服が乾いたら傘を貸してやって、あと一時間もしたら出ていってもらう。彼がどんな素性のどんな人間かなんて、訊《き》き出してまで知る必要はない。深くかかわることもないであろう、ゆきずりの他人なのだから。

と思ったのだが……。

「にゃーたんがしっこしたーっ」

パジャマに着替えてさっそくにゃーたんと遊んでいた純平が、慌てた顔で脱衣場に飛び込んできた。

「えっ、どこで？　うわぁ」

急いで見にいってみると、にゃーたんが台所の隅で立てた尻尾をプルプルと震わせている。たった今お風呂に入れたばかりだというのに、床に広がった粗相で後ろ足がびしょびしょだ。ぴいぴい嫌がるのを洗面所に連れていき、宗哉と二人がかりで足とお尻《しり》を洗ってまたタオルでガシガシ拭いてやって、それから床もきれいに拭いて、ふうとひと息ついて顔を見合わせた。

うっかりだった。排泄《はいせつ》は生物の自然の摂理。動物の世話をするからには、最低限必要なのはトイレとエサだ。

「でも、猫トイレって……どうしたらいいんだろう」

テレビでよく見る猫用トイレと猫砂のコマーシャルを思い出す。けど買いにいこうにもこんな時間じゃ店は開いてないし、コンビニではキャットフードしか見かけなかったような気がする。

困って考えていると、宗哉がテーブルの上に置いてある新聞を手に取って言った。

「ずいぶん昔だが、猫を拾った時、とりあえず新聞紙で代用したことがある。にゃーたんがすっぽり入るくらいの箱あるか？」

「新聞で？」

祐希は首をひねりながらも、工具をしまってあるプラスチックケースを引っ張り出して中身を空けた。

「こうやって、細かく千切るんだ」

「ふん、ふん」

宗哉がやって見せるのを真似て、新聞紙を細かく短冊に切ってケースに入れていく。

「にゃーたん、ここにしっこする？」

「ああ。さっきしっこした場所に置いておけば、すぐトイレだって覚えるさ」

「へええ。すごいねえ」

宗哉を見上げる純平の目が、尊敬を含んでキラキラする。『すごい』というのは、宗哉を指して『物知り』だと感嘆しているのである。純平の中で、宗哉が株を上げたようだ。

猫の飼い方を知らない祐希にしても、宗哉がいて助かったけれど。

トイレの用意ができたら、次はエサ。

「猫エサ……猫まんま……。う～ん」

台所の食品ストック棚の前で、腕を組んで首をひねる。猫まんまと言えば、ご飯にかつおぶし。雨の中を今からコンビニに走るのは嫌なので、とりあえず明日キャットフードを買うまでのあり合わせで。

小皿に盛った冷やご飯にかつおぶしをかけて、醤油《しょうゆ》も少しだけ混ぜてみた。

けっこういい匂《にお》いである。床に置くと、嗅《か》ぎつけたにゃーたんが走ってきてガツガツ食べはじめた。

「腹へってたんだな。チビのくせにすごい食欲だ」

「おいしそうだね」

宗哉と純平が並んでしゃがみ、猫まんまを食べるにゃーたんを真剣な顔で覗《のぞ》き込む。

「うまいか？　……そうか、うまいのか」

ボソリと漏らす宗哉の声が、なんだか今にもヨダレを垂らしそうだ。

「猫のご飯、とらないでよ？」

冗談で言ったのだが、顔を上げた宗哉がヘヘッと笑いながら手の甲で口を拭《ぬぐ》った。

「あ、ああ。うまそうな匂いだな」

「………」

まさかほんとにヨダレを垂らしかけていたのだろうか。いや、それはあまりにも精悍な顔に似合わなすぎる。ただのギャグだと思いたい。

「夕飯、食いそびれてんだ。見てたら腹へってきた」

言ってる宗哉の横で、純平がひょいと手を伸ばし、にゃーたんが食べてる途中の猫まんまをつまむ。

「ちょ、じゅんぺーっ」

とめるのも間に合わず、パクンと口に入れた。

「ば、ばい菌。ばい菌が……」

「おいしいよ」

オロオロする祐希の気も知らず、純平がモグモグしながら無邪気に笑う。

「ちょっと食ったくらい心配ねえさ。逆に菌の耐性がつくってもんだ」

祐希はガクリと力が抜けてしまった。ちょっと目を離すと、子供というのはなにをやらかしてくれるかわからない。まあ宗哉の言うとおり、そんなに神経質になるほどのことでもないだろう。

猫のエサを横取りしちゃいけないのは、あとで言って聞かせればいいとして……。宗哉もお腹が空いているようだし、祐希はぶつぶつ言いながらも二人に夜食を出してやることにした。

純平には子供茶碗に半分だけ。宗哉はどんぶり飯で。かつおぶしと醤油を混ぜた猫まんまだが、にゃーたんが食べているのが美味しそうに見えていた二人は、ガツガツと口にかっこんであっという間に完食してしまった。

「さあ、純平はもう寝なさい」

なんだかんだと、もう夜中の二時過ぎ。

「え〜、にゃーたんとあそぶ」

「だめ。お寝坊しちゃうでしょ」

「にゃーたんがあそびたいっていってるもん」

いつもは聞き分けのいい純平が、ほっぺたを膨らませて反抗する。楽しくて、調子に乗って目が冴《さ》えてしまっているのだ。

「いけません」

祐希が怒った顔を作ると、にゃーたんを抱っこした純平を宗哉がひょいと抱き上げる。

「明日たっぷり遊べばいい。にゃーたんも純平と同じくらいの子供だ。夜はぐっすり寝ないとな。一緒に楽しい夢が見れるぞ」

言い聞かせると、隣の部屋に連れていって布団に下ろした。

襖《ふすま》越しに見ていると、宗哉は純平の横に寝転がり、掛布団をかけてやっている。どうやら寝かしつけてくれるつもりらしい。

「子供の扱いに慣れてるんだな」

「ああ、子供は嫌いじゃないな。嫁に出た妹の子が三歳と二歳なんだ。しょっちゅう連れて帰るから、そのたびに子守させられてる」

なるほど、と祐希は頷いた。

子供の扱いだけじゃなく、他人とのかかわり方も羨《うらや》ましいほど慣れて見える。人当たりがいいとか社交的とは少し違う。グイグイと引っ張っていくような、安心して任せることができるような、どこか心得ている不思議な包容力のある男だ。

なににしても助かった。自宅での執筆業とはいえ、純平の健全な生活サイクルを保つため、朝は七時前に起きてご飯を食べさせ、九時までに保育園に送っていかなければならない。自分も早く寝たいのである。

この隙《すき》に風呂に入り、急いで上がるとパジャマを着てようすを窺《うかが》う。襖の向こうで純平と宗哉はまだなにやら喋《しゃべ》っていた。

「まだ起きてるの？　さっさと寝なさいよ」

声をかけると。

「はーい」

「はーい」

揃《そろ》っていいお返事をして、忍び笑いを漏らしたあとシンと静かになった。

祐希は乾燥機から生乾きの服を出し、手早くアイロンをかける。ところどころ湿りけが残っているけど、これだけやれば充分だろう。夜食も出してやったし、いろいろ手伝ってもらったぶんのお返しはできてると思う。

それにしても、静かだ。純平はもう眠っているようなのに、いつまでたっても宗哉が部屋から出てくるようすがない。

「宇梶……さん？　宗哉？」

小声で呼びながらそっと襖を開けてみる。祐希はまたガクリと脱力してしまった。出てこないはずである。子供布団ですこやかに眠っている純平の隣。祐希の布団で、宗哉は大の字になってぐっすり眠っているのだった。

服が乾いたら傘を貸して出ていってもらうつもりだったのに。

純平を起こさないように、宗哉の肩をちょんとつついてみる。

「ちょっと」

眠りが深いたちなのか疲れているのか知らないけれど、まったく起きる気配がない。やっぱりこの男は包容力なんかじゃなくて、ただ図々しいだけなんじゃなかろうかと、呆《あき》れてしまう。

しかし、揺さぶって起こそうとして、祐希はふと思いなおして手をとめた。

純平の枕《まくら》の横で丸くなって寝ていたにゃーたんが、頭を上げて「うにゃ？」と小さな声を上げる。人差し指で喉《のど》を撫でてやると、ゴロゴロ言いながらつぶらな目を閉じた。

この子は、拾ってくれた純平の横で安心して眠りについている。純平も、添い寝してくれている宗哉を信頼しきって眠っているのだ。朝起きて彼がいなかったら、がっかりして泣くかもしれない。

きっと、大騒ぎだろう。

気持ちよさそうに寝ている宗哉を叩《たた》き起こすのは、なんだか忍びなくもある。でもそれ以上に、純平をがっかりさせたくない。

少し迷った祐希はあきらめのため息をつき、宗哉の服を枕元に置いて灯りを消す。

我が家には客布団なんてものはないから、泊めるつもりなんかなかった。なんで初めて会った他人とひとつ布団で寝なきゃいけないんだと、心の中で文句を言いながら宗哉の隣に潜り込んだ。

「ほいくえんおわったら、そうやとにゃーたんとあそぶんだぁ」

保育園に向かう道すがら、純平はさも楽しみといったふうにスキップまじりでぴょんぴょん歩く。

「う……でもね……」

どう答えてやったらいいものか、祐希の口がモゴついた。

いつもより三十分も早く起きた純平は、着替えもそこそこにご機嫌で遊びはじめた。それをせっついて身支度させ、気が散るのを注意しながら朝食を食べさせた。食器を洗っておいてくれると宗哉が言うので、頼んで慌ただしく家を出たのだけれど……。

にゃーたんは、大家さんの許可があればこのまま飼ってもいいかなと思う。でも宗哉には、今度こそ出ていってもらうつもりなのだ。

「純平が保育園から帰る頃は、宗哉も自分の家に帰ってると思うよ」

純平がピタとスキップをとめて、祐希を見上げた。

「どうして？　そうや、おうちがないっていってたよ。じゅんぺんちが、そうやとにゃーたんのおうちでしょ？」

「それは昨日《きのう》だけの話。今日はもう帰れるんだよ」

「なんで？　すてられたのに」

純平は、幼いながらも納得できない表情で抗議する。

宗哉が大人の人間なのだと認識してはいても、昨夜《ゆうべ》の『子猫と一緒に捨てられた大きな猫』という寝ぼけていた時の記憶がまだ少し混在しているようだ。祐希から見たら、あの長身でたくましい宗哉は猫というより大型犬といった感じだけれど。

「捨て猫はにゃーたんだけで、宗哉は」

「なんできのうはおうちがなくて、きょうはあるの？」

「それは、宗哉の事情で……ゆうパパもよく知らないけど……」

「じじょー？」

純平は、一生懸命に考える顔で首を傾げる。

三歳を境にしっかり物事を考えられるようになってきて、わからないことや疑問を追究する意欲も育っているのだろう。最近は我を通そうとするだけではなく、質問が急激に増えてきた。こんなさまざまな経験を経て、『子供の世界』と『大人の世界』が成長とともに融合していくのだ。

頭ごなしに『ダメ』とは言わず、納得してくれる言葉を探して語りかけてやりたいと思うのが親心。言葉の全部を理論で理解できなくても、大事な部分は感性で伝わるのが子供なのだから。

「昨夜はお泊まりしてもらって楽しかったね。だけど毎日は無理なんだよ」

祐希はゆっくりした口調で、噛《か》んで含めるように優しく説いてやる。

「だって、いっぱいあそぼうってやくそくしたもん。まだちょっとしかあそんでない」

「でもね、宗哉も用事とかお仕事とか、あるだろうし。大人なんだから、純平と同じだけ遊んではいられないいんじゃないかな」

「おしごと……？」

純平は小さな眉間をむつかしそうに寄せて、口元をちょっと尖らせた。

「大人はいろいろ忙しいの。わがまま言わないで、我慢しないと。宗哉を困らせちゃ、いけないよ」

「じゃあ、おしごとおわったらあそびにきてくれる？」

「そ、そうだね。たぶん」

「はやくきてって、ゆうパパたのんでくれる？」

「わかった。言っておくよ」

そう答えて笑みを見せてやると、純平の眉間が平らに戻っていく。まだ少し不満気味だけれど、わかってくれたようだ。

実のところ、他人とはあまりかかわりたくないのが本音だったりする祐希だ。人とのつき合いが深くなると、純平を引き取った境遇を訊かれることもある。そんな時の、同情されたり気遣われたりといったやりとりが苦手なのだ。

でもかわいい純平のためなら、宗哉には一度くらいは遊びにきてもらってもいいかな、と思う。彼も子供好きみたいだし、懐かれて悪い気はしていないようだから、慕う純平の希望を伝えるくらいはいいだろう。

純平を保育園に送ったあと、コンビニに寄って子猫用キャットフードをいくつか買い込んだ。昨夜はかつおぶしご飯を食べさせたけれど、ネットで猫の飼い方を調べてみたところ、人間の食べ物を与えるのはよくないと知った。しかも醤油で味をつけるなんて、塩分過多でいけないことだったらしい。それと、最初にしなければならないのは、健康診断と虫の駆除。野良には必ずノミがついているそうで、お腹にもたいてい湧《わ》いているという寄生虫の画像を見てゾッとした。近くの動物病院を探して早急に連れていきたい。仕事もしなきゃだし、慣れない猫の世話もあって忙しい一日になりそうだ。

アパートの隣の敷地に住む大家さんに、猫を飼っていいか恐る恐る伺うと、「どうせボロ屋だし、かまわないよ」と快く許可をくれた。挨拶くらいしかしたことがなかったが、気さくな老夫婦でよかった。

これで、今日からにゃーたんは晴れて家族の一員。

あとは宗哉であるが、純平が信頼して懐いているものだから、つい一緒になって信用してしまった。バタバタしていたせいもあって、食器洗いを頼んでしまったけれど……。留守番までさせたのは、さすがに不用心だったかなと帰宅の足が逸《はや》る。

まさか通帳やなんかを持って姿を消してたりなんて、ないよな――と思いながらドアを開けると、にゃーたんがすっ飛んできて「おかえりおかえり」と足元に顔をすり寄せてきた。いや、おかえりじゃなく「ごはんごはん」とせがんでいるのだろう。人間の食べ物はいけないと知って、今朝はまだエサをあげていないのだ。

祐希は靴を脱ぎながら室内を窺う。

「おう、おかえり」

言う宗哉は本棚の前に立ち、なにやら一心に本を読んでいた。

「た、ただいま」

台所は、きれいに片づいている。祐希はキャットフードを小皿に出して床に置くと、シンク脇の棚に歩み寄り、そっと引き出しを開けて中を見てみた。

通帳や時計は動かされたようすもなく無事だ。

「なにか盗まれてないか、確認か？」

「うっ、いや」

祐希はビョクンと背筋を伸ばし、焦って引き出しを閉めた。

「得体の知れない男を泊めたんだ。もっと警戒したほうがいいぞ。貴重品は持って出るとか、隠すとかな」

宗哉は、祐希に背を向けたまま悠々とのたまう。

バレていた。それどころか、逆に注意されてしまった。バツが悪いような、疑って申し訳ないようなで、ちょっと赤面してしまう。

「べ、別に……。キャットフードを買ってきたから、しまっておこうと……。あんた、なにか盗むなんて気はないんだろ」

「当たり前だ。一宿一飯の恩を仇《あだ》で返すようなことはしねえ」

「純平が懐いてるし、俺も信用してたさ。猫好き子供好きに、悪人はいない。俺は人を見る目があるんだ」

なんとなく謝罪しそびれて、とっさに威張って言ってしまう。と、宗哉の肩がクスと小さく振れた。

明らかに笑われた。ヘタなごまかしなんて、彼にはお見通しなのである。

思ったより頭がよさそうで、言葉遣いや刺青に似合わず良識ある紳士のようだ。荒《すさ》んだヤクザ社会が肌に合わずに、一般社会に復帰しようと組を抜けたのかもしれない。とにかく、彼がいい人間でよかった。これなら、このまま気持ちよくお引き取り願えるに違いない。

「じゃ、そろそろ」

帰ってくれないかと言いかけたところで、ガスレンジにかけた笛吹きケトルがピーとけたたましく鳴った。

宗哉はマグカップをテーブルにふたつ並べ、ドリップサーバーにお湯を注ぐ。淹《い》れたてコーヒーのひとつを祐希に渡すと、椅子《いす》に座って読みかけの本を開いた。

読むのがとまらなくなったといったふうな、ページをめくる宗哉のようすに、祐希の視線が惹《ひ》きつけられた。

「お……おもしろいか？」

宗哉はカップを口元に寄せてフウと吹き、熱いコーヒーをすする。

「小説はたまに推理モノを読むくらいだが、こういうのもまあ面白いな」

そう言うそれは、著者『槍杉幾造《やりすぎいくぞう》』の男性向け官能小説。内容のほぼ半分が濡れ場であるが、理想の女を求めるあまり犯罪ギリギリの行為にまで堕《お》ちていく男のサスペンス風味のシリーズもので、『槍杉幾造』は祐希のペンネームだ。

「…………」

なんだか、早く帰れと言いづらくなってしまった。

エロに特化したジャンルとはいえ、目の前で真剣に読んでくれている姿を見るのは、悪い気はしない。推理小説ファンだからエロよりサスペンス風味を楽しんでくれているのかなと思えば、恥ずかしいよりも嬉しい。

だからといって、それは俺の作品だ、などとわざわざ声を大にして暴露する必要もないだろう。読み終わって気がすんだら、出ていってもらえばいい。

せっかくコーヒーも淹れてくれたことだし、動物病院は午後からにしてとりあえず仕事することにした。

祐希はカップを持って窓際のデスクにつき、仕事用のブルーカット眼鏡《めがね》をかけてノートパソコンに向かう。

シリーズの最新原稿を、執筆中なのである。ありがたいことにそこそこ好評で、編集側の要望で単行本三巻まで続いている作品なのだ。

稼ぐためには量産。書き下ろし単行本に雑誌掲載に、ウェブ掲載。もらえる仕事はなんでもやる。しかし、何作も書いているといいかげんエロネタも尽きてきて、あとはディープな変態プレイに足を踏み入れるしかないだろうかと頭を悩ませているところだった。

幸い宗哉は静かに読書していて邪魔にはならない。祐希は参考資料を片手に、性愛の世界に集中していく。

原稿に向かってから、二時間近くは過ぎただろうか。

すぐ後ろから、パラ……パラ……と薄い紙をめくるような音が耳について、ふと振り向いて飛び上がりそうになってしまった。

「うわ、びっくりした。宗哉か。な、なにしてんだ」

執筆に没頭するあまり、宗哉の存在をつい忘れかけていたのだ。

宗哉は、祐希の背後に屈み、パソコンの画面を覗き込んでいる。本のページをめくりながら、書きかけの原稿とを見比べてボソリと言った。

「辰夫《たつお》……香織《かおり》……」

「そ、それは」

それは小説の主人公と、彼の欲望の餌食《えじき》にされている女の名前だ。

宗哉が手にしているのはシリーズ三巻。今まさに、四巻目収録となる雑誌掲載分の濡れ場を執筆中なのだった。

「この槍杉幾造ってのは」

祐希はどんな顔をしたらいいのか迷って、思わず目が泳いでしまった。

いちおうプロの端くれとして、目の前で本を読まれてもさほど動じない。とはいえ、喘《あえ》ぎ満載の汁だく描写を書いている途中の原稿を見られるのは、なんとなく自分の恥部を覗かれているような落ち着かなさがあるのだった。

でも、これで報酬を得て生活してるのだから、恥じる必要のない立派な仕事だ。祐希は開きなおって顎をグイと上げた。

「そうだよ。俺が槍杉幾造だ」

「サラリーマンじゃなさそうだとは思ったが、エロ作家だったのか。顔に似合わず、すげえもん書いてるな」

「顔は関係ないだろ。仕事なんだから」

「ふうん。この頭の中はいやらしいことがいっぱい詰まってるわけだ」

宗哉は、本の角を祐希の頭にコツンと当てる。

「だが、今いち経験不足」

「はあ？」

なにを言うかと祐希は呆れてしまう。

「どうしてシングルファザーなのか、俺には関係ないから訊かないが。これを読んでるとノーマルで薄い性生活だったのは想像つく」

「下世話。頭のていどが知れるぞ」

宗哉は、祐希が子持ちのバツイチだと思っているのである。祐希は言葉の端にトゲを含ませ、追い払う仕種をして見せた。

「ヤクザ崩れの誰かと違って、俺は純平の将来のためにも頑張って仕事しなきゃならないんだ。邪魔するな。気がすんだらさっさと出てってくれ」

ところが、そんな嫌味などものともしない宗哉は。

「なるほど。子育てひと筋でご無沙汰《ぶさた》なんだな」

納得顔で言い放つ。

「一巻からザッと流し読みしてみたが、エロ小説に重要なエロが乾いててマンネリ。しかも回を追うごとにパターン化してきてる。主人公の辰夫とやらは愛に飢えて女のケツを追っかけ回してる危ないヤツなのに、飢餓感が希薄。どんなエグいプレイをしても予定調和でリアリティに欠ける」

「う……」

「濡れ濡れの臨場感が乏しいのは、やりまくる男の心情も犯されて感じる女の心情もわかってないからだ」

担当との打ち合わせよりも厳しくズケズケ突いてくる。

「抵抗しながらもよがる女の痴態ってのを観察したことないだろ」

「痴態なんて……」

口惜しいけど反論できない。女を観察するだとか、実はそれ以前の問題だ。

短時間の流し読みでピンポイントに指摘できるのは、推理小説ファンならではの洞察力だろうか。

そもそも、子供の頃に親戚の家で縮こまって育ったせいで、基本的に人とのつき合いが苦手。いまだに聞きベタ話しベタな祐希である。雅文に引き取られてからは、支え合う暮らしがなにより大切で、彼にだけは疎まれたくなくて努力してきた。いい成績をとると喜んでくれるから頑張って勉強したし、進んで家事もこなして、大学にまでいかせてくれた雅文の期待に応えていい会社に就職もした。結婚したい相手がいるのだと紹介された時には複雑な心情で戸惑《とまど》いはしたが、祝福して受け入れた。

宗哉の言葉にむっとしてしまうけど、そのとおり。祐希にとって、雅文が世界のすべてだった。今は、純平の成長だけが生きがい。だから、これまで女の子に興味を引かれたことは一度もなかったし、つき合ったこともない。経験不足どころかデートもキスさえもしたことがない。当然、エッチ経験なんて皆無。これまでの数十作にも及ぶ中長の作品群は、このジャンルに転向すると決めた時に大量のポルノ本やAVを見て研究して、妄想を膨らませて書いてきたもの。

しかし、想像力だけでは限界があって、『マンネリ』という評価は編集からも読者からも出ていて壁にブチ当たっているところなのだった。

祐希はなにも言い返せず、憮然《ぶぜん》としてデスクに向かう。

その背後から、宗哉が指先でうなじをくすぐり、耳元に唇を寄せてきた。

「女が泣いて悦《よろこ》ぶくらいのサービスをしてやったこともないんだろうな」

「……ない」

うなじをくすぐる指が、シャツの上から鎖骨をたどって胸元に下りていく。

「エロいご奉仕をされたことは」

「…………」

性行為そのものをしたことがないんだよと、祐希は心の中で答える。

「徹底的に薄いセックスだな。ヤリすぎイクぞうの名が泣くぜ」

「うるさいよ」

「男に犯《や》られたことあるか？」

「そんな……あるわけ」

宗哉の息が首すじに吹きかかり、抱くようにして背後から回された手がスラックスのボタンにまで下りた。

「マンネリを打破するエロを教えてやる」

祐希の耳が、ヒクと反応した。

「あっ」

いきなり眼鏡がはぎ取られて、目の前が歪《ゆが》んだ。主に眼精疲労予防のための眼鏡だが、軽い近視もあるので急にレンズが外されると焦点がぶれるのだ。

「仕事の邪魔するな」

眼鏡を取り返して装着すると、また奪われる。

隙をつくかのようにファスナーが開かれ、クルリと椅子を反転させられて宗哉に向きなおらされた。

「なにす……っ」

焦る体が傾いて、バランスをとろうと両足がジタバタしてしまう。その視界が大きく揺れたと思った次には畳が目前に迫り、椅子からずり落ちた体がバタリと突っ伏した。

「実体験に勝るものなし」

「は？」

宗哉の手が、祐希の腰のあたりをつかむ。うつ伏せた格好のままスラックスを引っ張られて、半ケツになった。

「待て待て。ま、まさか」

「そう。俺が相手してやると言ってるんだ。素直に襲われてみな」

「じょ、冗談」

素直に襲われるなんて意味不明。

「抵抗してもいいぜ？　そのほうが臨場感を味わえるだろ」

宗哉は、ペロリと舌なめずりする。猫好き子供好きなところに心を許して、意外と良識あるまともなやつだと思った。純平も寝ぼけて『おおきいねこさん』なんて言っていたけれど……、男を襲うなんて見境のない猛犬だったのかもしれない。

必死にもがく祐希は、引き下ろされそうになるスラックスを片手で押さえ、もう片方の手で懸命に匍匐《ほふく》前進を試みながら逃げ道を探す。その視線の先に、クッションの上で満足そうに眠るにゃーたんが見えた。

祐希は、思わず助けを求めて手を伸ばした。

いや、このさい子猫がなんの役に立つというのか。いやいや、大人の猫だってたいして役には立たないんじゃ……。

などと真剣に考える祐希は、貞操の危機に瀕《ひん》して混乱中だ。

阻止する手がスラックスを押さえきれず、強い力で両足から引き抜かれてしまった。その拍子に弾みをつけて体がコロンと反転させられる。気がつけば、シャツ一枚に靴下だけの情けない姿。宗哉に抱きとられる格好で仰向《あおむ》けに畳に引っくり返っていた。

宗哉は、むき出しになった祐希の局部をフニャリと握る。

「うぁ」

いきなりの刺激で、図らずも下腹の芯《しん》がドクンと脈打った。

「官能小説を超える官能を体験してみろ」

「いや、だって……俺が書いてるのは……男女のエロであって」

「同じだ。ただ感じればいいだけのこと。ノーマルで淡白なセックスであれだけのエロが書ける作家だ。男同士を男女に変換するくらい簡単だろ」

「そ、それは……」

確かにそうだ。経験なしの想像力と参考資料だけで、あれだけのエロを書いているのだから。だけど、マンネリ打破のためになんで男の大事な部分を男に握られなきゃならないんだと焦る。

「身をもって知れば、バリエーションも広がるぞ？」

「バ、バリエ……ショ」

喋ろうとする口が、なぜだかうまく動かなくなってきた。

肩に回した腕で拘束されて、足を絡めるようにして下半身を押さえつけられて、逃げようともがくのに宗哉の下から抜け出せない。というよりも、握って弄《いじ》られる局部がズキズキ痛んで手足に力が入らない。

「反応が早いな。抜くヒマもないくらい仕事と子育てが忙しいのか？　ビクンビクンして今にも出そうだぞ」

「え……」

言われて祐希は驚いた。自分の下腹を見て、痛みの理由を知って愕然《がくぜん》とした。男に犯られるなんてとんでもない、と逃げる努力をしていた。ところが意思を裏切るその現象。

宗哉に握られたモノは、あろうことか彼の手の中でしっかり勃《た》ち上がっていた。しかも、先端から先走りの露を溢《あふ》れさせ、扱《しご》く宗哉の指までぐっしょり濡らしている。

手足に力が入らないのはソレのせい。意思に反するソレは勝手に快感を享受して、痛いほどに硬く張っているのだった。

指で過敏な先端を撫でられて、ヌルリとした感触に肌が粟立《あわだ》った。

「とりあえず一発抜いてやる。それからじっくり」

言うと、宗哉は早いストロークを連続して繰り出した。

「や……っ、いいから……離……せ」

もはや抵抗の言葉も力弱い。頭の中では「やめろ！　ふざけるな！」などと怒鳴っているのに、体のほうはすっかりその気。屈辱以外のなにものでもないのに、体が受け入れて感じてしまっているのだ。

ふと、「いや、やめて」と抗《あらが》いながらも快感に溺《おぼ》れていく自作品の女たちの痴態が脳裏をよぎった。

翻弄《ほんろう》され、傷ついてもなお官能を求めてしまう彼女たち。そして、本命を神聖視するあまり歪んだ性愛を行きずりの女にぶつけ、満たされることのない欲望のジレンマに喘ぐ辰夫の心理――。

「あ……っ」

祐希の屹立《きつりつ》がビクビクと痙攣《けいれん》して、摩擦を受ける根元に高熱が溜《た》まる。

「は……ぁ……はあ」

急速に息が上がる。追い上げられていく感覚に流されて、理性と思考が麻痺《まひ》した。

「あ……んっ」

ブルッと肩を震わせると、屹立が膨張して欲熱を押し出す。鈴口が開くと同時に、身を強張らせた。

信じられないほどの快感をともなって白濁が吹き上がり、腹から胸元にまで勢いよく飛び散った。

「ふ……ぅ」

祐希は、呼吸を解放しながら呆然《ぼうぜん》としてしまう。男の手であっけなく射精させられてしまった。頭を上げて見ると、自分の吐いた精液がシャツに染みを広げ、ジワリと肌に吸いついていた。

「シャツが……汚……」

「あとで洗ってやるから、気にしないで脱げ」

手早くボタンが外されて、脱力した腕から袖がスルリと抜き取られた。

「ぐったりしてるヒマはねえぞ？　これからが本番だ」

宗哉は言い放つと、自分もTシャツを脱ぎ捨てる。

「ほ、本番……？」

素っ裸にされた我が身であるが、体が余韻を愉《たの》しんでいて頭がクリアにならない。

意思とは裏腹に求めてしまう、抗いきれないこの感覚。抑えのきかない官能に身を委《ゆだ》ねてしまう性《さが》というのは、こんな感じなのだろうか。想像だけでは追いつけないであろうリアリティ。宗哉の言うとおり、実体験に勝るものはないのかもしれない。この不埒《ふらち》な誘惑には少なからず引かれるものがある——と、のぼせた頭がぼんやり考える。

いや、違う。宗哉に毒されてる。それを言うなら、推理小説家は殺人者の心理を知るために人を殺してみたほうがいいことになるじゃないかと、慌てて考えなおす。

しかし、裸の胸を撫でて乳首をつまんでつねられて、最後の抵抗はあっけなく崩れ去ってしまった。

「エロ指南本なんか参考にしなくてすむように、本物の官能ってものを教えてやる。がっつり裸のつき合いしようぜ」

「あっ……っ」

指の腹でこすられて、胸先がどうしようもなく疼《うず》いた。爪でカリリとひっかかれ、収縮する乳首が急激に尖っていくのをはっきりと感じた。

宗哉は、祐希の平らな胸を掌《てのひら》で包むようにして揉《も》み、また乳首をつまんでは摩擦する。そして硬く尖り勃つ感触を楽しみながら、柔らかな乳暈《にゅううん》に尖りを押し込め、小さな円を描いてこねていく。

乳首の奥にパチンコ玉でも入っているみたいにコリコリして、それが神経にこすれて性感を刺激する。下腹にまでダイレクトに響いて、触られてもいない局部が張ってたまらなく気持ち悦い。

射精させられたばかりだというのに、胸から落ちていく快感が屹立を何度も震わせた。

「うそ……なんで……」

呼吸がひどく喘いでしまって、頭の芯がクラクラする。

「こんな……ありえない」

胸を弄《もてあそ》ばれて悶《もだ》える女は飽きるほど書いてきた。今自分が体験しているのは、まさにそれ。ありえない。男が乳首を触られてこんな反応するなんて、ありえないと思う。

「乳首で感じる男はけっこういる。おまえはかなり敏感なようだが。これはどうだ？」

宗哉は乳暈をつかんで盛り上げさせ、乳首を口に含んでチュクと吸う。

「や……っ」

祐希は反射的に上半身を反り返らせてしまった。

指でさんざん弄り回された胸の先が、今度はぬるりとした温かい感触に包まれる。舌先で巧みに舐《ねぶ》られ、ますます硬く尖る乳首を歯で扱かれる。

「ふ……あ……はぁ」

我慢しきれない疼きに襲われて、艶《なま》めかしい声が漏れた。疼きを受け取った下腹が快感を主張して、透明な露をとめどなく溢れさせた。

「口でやると悦いだろう。こっちもな」

宗哉は胸元を解放すると、今度は祐希の股間《こかん》に顔を伏せる。

「は……あっ！」

ぐしょぐしょの屹立を深く咥《くわ》え込まれて、下腹が暴発したかと思うほど激しく何度も脈打った。

宗哉は頭を上下に動かし、舌で包んだ過敏な先端をゆるゆる摩擦する。次には根元の膨らみをやんわり揉みながら幹を食《は》み、そしてまた先端を舌で舐り、吸い上げる。

いくつものバリエーションを駆使し、息もつかせぬほどの技巧を凝らして祐希を追い上げ、高熱と官能を煽《あお》っていく。

「紙一重の痛みと快感ってのも、教えてやろう」

股間に伏せたまま言う宗哉は、祐希の幹をゾロリと舐《な》め上げてから、先端を唇に挟んで歯をたてた。

「つっ……ぅ」

静電気が弾《はじ》けたみたいな衝撃が発生して、祐希は眉間を歪めた。

ただでさえデリケートなのに、執拗《しつよう》に愛撫《あいぶ》されて神経むき出し状態にされた箇所だ。それがヒリヒリして、薄皮をはがされるみたいに痛む。だけど痛いだけじゃない。熱を持った局部の奥から、言いようのない甘い疼きが湧き上がってくる。

むやみに嚙むだけでは痛みと不快しか湧かないだろう。露のぬめりを使って表面に歯をすべらせていく、絶妙な愛撫だ。

嚙むのをやめてふわりと舐められると、柔らかく温かな舌の感触がかつてないほど気持ち悦い。再び歯をたてられると痛みで涙が滲み、心地よかった舌の愛撫を体が求めて性感が昂《たかぶ》ってしまう。

硬と柔を交互に繰り返されて、そのうち自分がどちらの愛撫を求めているのかわからなくなっていく。嚙まれても悦い。舐められても悦い。やがて混沌《こんとん》とした愉悦に搦《から》め取られて、与えられるすべての刺激に肌を粟立て身悶えた。

「さっき達《い》ったばっかなのに、もうパンパンだな。今にも出そうじゃないか。何日やってない？」

自慰行為のことである。何日どころか、多忙と淡白な性欲が相まって。

「に……かげつ……？　くらい」

「溜めすぎだろ。病気になっちまうぞ。おまえの右手はなんのためにあるんだ」

「キ、キーボードを……打つため……だ」

我が身を慰めるためでは、断じて、ない！　そう主張したいけれど、喘ぎまじりの声が切れ切れだ。

宗哉は、祐希の体をクルリと返し、うつ伏せた腰を両手で引き上げる。四つん這《ば》いで曝《さら》された後ろの窪《くぼ》みに、グイと指を挿《さ》し入れた。

「う……っ」

異物感に、思わず息を詰めてしまう。

挿入の準備だ。資料を漁《あさ》っていれば嫌でも目に入る行為のノウハウ。男女はもちろんだが、男同士や女同士のやりかたもおおよそのところは知っている。それが今、現実のものとなって我が身に起きている。自分のソコに、宗哉のアレが挿入されるのである。

恐ろしい。そんな未知の行為が怖くないわけはない。しかし、抽送する指が緩んだ内部に容易《たやす》く侵入してくる。

「すげえな。後ろがもうこんな物欲しそうに開いてる。素質あるぜ？」

「そ……素質って……うぅ」

うごめく指が二本に増やされて、祐希の腰がとっさに逃げようとして引けた。

けれど、解《ほぐ》されていく後ろに感じる甘い痺《しび》れ。その先に待っているであろう官能を知りたい欲求が、未知の恐怖との葛藤《かっとう》に負けて踏みとどまらせた。

宗哉は、祐希の内壁を澱《よど》みなく広げながら、前に手を伸ばして乳首をつつく。

「あ……はぁ」

ぶら下がった屹立が即座に反応して、唇から悩ましい喘ぎがこぼれた。

「主役の辰夫ってのは、鬼畜《きちく》プレイしても根本が優しいよな。縛りあげてバコバコ犯してるのに、やられる女は愛情を期待して許しちまう。モデルがいるのか？」

「モデ……ル……」

そんなものいない——。と言おうとする脳裏に、最愛の従兄の顔が浮かんだ。

家族として受け入れてくれた雅文。亡くなった今でも、彼は大きな存在であり、唯一の支え。優しくおおらかで、大胆な行動力も併せ持つ人だった。

雅文の庇護《ひご》に包まれていると、安心して外の世界を見渡すことができた。おかげで、自分は厄介者だと縮こまっていた子供が、自信をもって生きていけるまでに成長した。彼みたいな人間になりたくて、その背中を追っては一挙手一投足を目に焼きつけた。

実を言うと、鬼畜に犯しまくるだけの男は書いていても我が作品ながら嫌悪を感じてしまう。だから、モデルにしようと決めたわけではないけれど、無意識のうちに雅文を辰夫に投影してしまっているのは否定できない。

飢餓感が希薄だというのは、宗哉の指摘どおり。たぶん、知らず思い入れている雅文の性質と辰夫のキャラが乖離《かいり》して、巻が進むにつれ執筆が苦しくなっている。改めて考えてみれば、それが壁にブチ当たっている要因のひとつなのだろうと思うが……。

裸で尻を突き出し、内部を弄られて喘ぎで息も絶え絶え。こんな最中に雅文を思い浮かべていると、彼を穢《けが》しているような気になってしまう。

祐希は、微笑《ほほえ》みかけてくる清廉《せいれん》な雅文の顔を頭から振り払い、歯を食い縛りながら強気の声を絞り出した。

「つまらないこと……喋ってんな……よ。さっさと、先を……やれ」

「言うじゃないか。いい覚悟だ」

宗哉は、祐希の背後でクスリと笑う。窪みから指を引き抜くと、コットンパンツの前を開いて隆起したモノを引き出した。

肩越しに振り返った祐希の心臓が、その大きな物体を見てバクバクと音を鳴らした。

充分に解されたはずの窪みに硬い先端が押し当てられ、ググッとねじ込まれる。

「い……っ、いた」

考えが甘かった。いくら解されていても、初めてのソコに自分の倍はあるかと思えるモノが入ってこようというのだ。

無理やりすぎる。痛いどころの騒ぎじゃない。祐希の顔面が青ざめた。

「や、やっぱりダメだ。前言撤回。やめよう」

「却下」

祐希の希望を一言のもとに切り捨て、宗哉は無情にも隆起を押し進めてくる。

逃げようとする腰が両手でつかまれて、そうこうするうちにも熱塊が内壁を割り入って蹂躙《じゅうりん》をはじめた。

半分以上は入ってしまっただろうか。焼けつくような痛みと圧迫感をともない、宗哉の隆起が抽送しながらさらに奥へと突き入る。

「や……やめ……無理」

「ここまできたら、俺のほうがとめられない。痛いのは最初だけだ。ここを耐えれば天国が見えるぞ？」

この苦痛の中でそんなこと言われても信じられない。硬く巨大な熱塊を無理やり咥え込まされて、痛くてもう動くに動けない。へたに逃げようとすると、軋《きし》む腰骨が外れてしまいそうだ。

「わ、わかった。エロの神髄は理解した。だから……うぅ」

「嘘《うそ》つけ」

宗哉の声に、無慈悲な笑いがまじる。

「とは言え、初めての体に激しいピストンが負担なのは確かだ。死ぬほど感じさせてやりたいが、今日はサラッとすませよう」

「きょ、今日は？」

ということは、これよりも濃厚で熾烈《しれつ》な次があるということで。

宗哉は、隆起が抜ける寸前のところまで腰を引く。

「うあっ」

内臓までも押し上げられそうな衝撃が、祐希の体内を貫いた。続いて大胆なストロークが内壁を往復して体を揺すり上げた。

「う、嘘つきはそっちだ。サラッとなんて……大う……うっ……あっ」

責めようとする口が途中であやふやになり、悩ましい発声に変わった。

激痛を覚悟したのに、意外にも痛みは少ない。それより、摩擦の衝撃に感覚が持っていかれて、散りかけていた欲熱がなぜか再び幹の膨らみに集まりはじめた。

「やぁ……あ……ん」

熱塊でこすられる内壁に神経が集中していく。ひどく刺激されるなにか、屹立を痙攣させるほど敏感ななにかが、自分の内壁に埋まっているのを感じる。しかし考える余裕もなく頭の中が真っ白になって、快感の波に流された。

その正体に思い至ったのは、ほどなく訪れた二射めの吐精のあと。初めての経験は、戸惑いと混沌と、理性や羞恥《しゅうち》をもさらっていく快感。想像で書く小説上のエロなど遠く及ばないリアルな官能。

犯す男の心情はまったくわからないけれど、抵抗しながらも欲しがってしまう女の心情らしきものは、ちょっと理解できた気がする祐希だった。

我が家の一員になったにゃーたんは、予定どおり動物病院に連れていったし、猫トイレも砂とセットで揃えて、子猫用カリカリフード も『まぐろ&チキン味』なるものを買ってみた。躾《しつけ》に困ることもなく、すっかりお兄ちゃん気分の純平にかまってもらって、よく食べよく遊び、よく眠る、手のかからないよい子だ。

そして、宗哉が居ついてはや四日。

料理はからきしというものの、時間を忘れて仕事してると昼には簡素ながらも軽食を作って出してくる。掃除と洗濯はそこそこ手慣れていて、純平を保育園に送ってる間に台所を片づけ洗濯物を干して祐希の帰りを待つ。純平の面倒もよくみて、風呂に入れて寝かしつけるまでやってくれて、まるでベビーシッターとお手伝いさんがいるみたいだ。

それにしても——。一宿一飯の恩をきっちり返すまではここにいるだとか、宗哉は義理堅くも時代錯誤なことを言ってるけど……、いくら手伝いで恩返ししてもまた泊まるんじゃ、いつまでたっても出ていけないループだろうにと、思う。

まあ、おかげでなにかと助かってはいるので、うやむやのままに連泊させてやっているのだが。

「じゃ、辰夫の気持ちで俺を襲ってみろ」

「よし」

祐希は頷くと、両手で宗哉の胸をどついて押し倒した。

子供のいない隙に。押し入れに上げた布団をわざわざまた敷いて、朝からお互い裸でエロ指南の最中である。

こっちがされるばかりじゃ指導が偏《かたよ》ってる。そう文句を言ったところ、「それなら犯す男の心情を理解するために襲うほうをやってみろ」ということになったのだが。

「ふっふっふ。かわいいな、怯えちゃって」

宗哉にまたがって見おろして、辰夫の気持ちで言ってみた。けどこの襲われ役はかわいくもなければ怯えてもいない。自分だけヘンな芝居をしてるのがバカみたいで、ちょっとムッとしてしまう。というか、恥ずかしくなる。

「俺がせっかくセリフ言ってるんだから、宗哉もなんか芝居しろよ。抵抗するとか逃げようとするとか」

「お、そうか。気持ちだけじゃなく芝居もか。やる気満々だな」

リクエストすると、宗哉はさっそく手足をジタバタさせながら身をよじる。

「あ」

押さえ込もうとしたら、宗哉の暴れる腕が祐希の頭にぶつかって、弾き飛ばされてゴロンと転がり落ちてしまった。

「いたた……」

祐希は側頭部を撫でながらムクリと起き、非難の目を向けた。

「へたくそ。大根役者」

「なんだとう」

体格が違いすぎるのである。本人は加減してるつもりなのだろうが、高身長で骨格たくましい宗哉に暴れられたら、華奢《きゃしゃ》な祐希では押さえ込みようがないのだった。

「アクションは控えて、セリフで抵抗してくれないかな」

祐希は懲りずに、再び宗哉の上にまたがる。

「きゃーやめてー」

「棒読み……」

「うるせーよ。いちいち注文が多いぞ。おまえが俺をイかせればいいだけのことだろ。さっさとやれ。ま、俺を昇天させるなんざ、まだまだ修行が足りないがな」

「む、言ったな。すぐイかせてやる。見てろよ」

なぜか対抗心むき出しの祐希だ。ついさっきまで、さんざん弄り倒されて喘がされていたのである。意趣返ししてやろうと、鼻息も荒く宗哉の乳首をつまんだ。

キュッとつねって指先で揉んで、爪でカリカリとこすってみた。

しかし、反応がほとんどない。呼吸は変わらず、表情も「早くやれ」といったふうで悩ましげにもならない。

「……不感症か？」

「いいことはいい。だが祐希ほどそこは感じないな」

性感帯が違うのだろうか。なんだか不公平なような……。

祐希は思い切って宗哉の胸の先をチュウチュウ吸った。それから歯でカミカミして、そろりと上目で宗哉のようすを窺った。

やっぱり反応が薄い。それどころか、拙《つたな》い愛撫をニヤニヤ笑って観察している。

いいことはいいと言っていたから、まるっきり感じてないわけではないはずだけど、乳首だけでも達してしまいそうになる自分との違いはなんだろうかと不思議に思う。

初心者だから感じるポイントを外しているのか、イかせてやると豪語した勢いが萎《しぼ》んでいってしまう。

「え、え～と」

祐希は自分がされて悦《よ》かったポイントを思い出しながら、懸命に手順を考える。

しかし、いつもちょっと触られただけで喘がされて夢中になってしまうので、詳細はうろ覚えだ。

まずは、とにかく舐めて、それからあと、なんだっけ——。

モタモタしていると、宗哉がムクリと半身を起こす。

「あ〜、じれったい。ハエがとまってるみたいでちっとも感じねえぞ、へたくそ」

「ハエ……」

ずいぶんな言いようだが、抵抗する演技を祐希に『へたくそ』とけなされたのを根に持っていたらしい。宗哉はさも退屈そうにポリポリと胸元をかく。

「しかたないだろ、まだ慣れてないんだから。コツをつかめばすぐうまくなる。それまで大目に見ろよ」

「眠くなっちまうわ。手っ取り早くイかせるなら、フェラだ。口に入れてモグモグするだけでも感じない男はいない」

「ふぇ……、そ、そうか」

なるほど。確かに、男性器への刺激は射精の直接的なアプローチ。

「舌を動かしながら出し入れする。しっかり握ってな。舐める時は愛情こめて、特に先っぽをていねいに。初心者の場合、歯は使うな。程度がわからないと危険だ」

それも、確かに。デリケートな部分だから、痛みと紙一重の快感を与えるのは熟練しないと難しいだろう。祐希は、宗哉の指導にいちいち頷いた。

「できるな？」

「や……やってみる」

ゴクリと唾《つば》を呑《の》むと、胡坐《あぐら》に座りなおした宗哉の股間に顔を埋め、隆々と勃ち上がったモノを口いっぱいに含んだ。

根元をしっかり握り、食むようにして軽く舌をうごめかす。口の中の感触が、ドクンと脈打って熱を上げる。頭をゆっくり上下させてみると、舌に摩擦された質量が硬さを増してひと回り大きくなった。

充分な形に完成していると思ったのに、まだ余地を残していたなんて驚きだ。

頭の上下を大きくして動かし、口をすぼめては圧迫を与える。先端をチュクチュク吸うと、先走りの露が祐希の舌に不思議な味を広げた。

視線を上げて窺うと、宗哉が薄く開いた唇を舌先でチロリとなぞって見せた。

舐める愛撫をやってみろという指示の合図だ。

祐希はそそり勃つ隆起からいったん口を放し、ひと呼吸おいて幹を握りなおす。アイスキャンデーを舐めるようにして、根元から先端へと何度も舐り上げた。

頭上から微《かす》かな吐息が落ちる。宗哉が反応しているのだ。

相手が感じているのだとわかると、こちらのテンションも高くなる。もっと感じさせてやろう、もっと感じてる顔が見たい、という気になってくる。

乳首と違って、そこの部分ならどこをどうすれば気持ち悦いか、同じ構造を持つ男としてだいたいわかる。慣れてなくても、本能で自然と悦いポイントに舌先がいく。

今度はソフトクリームを食べるイメージで、舌をスプーンみたいにして抉《えぐ》るようにつついて舐める。

宗哉の隆起がヒクリと揺れて、先端から透明な露を溢れさせた。

これはかなり楽しい。満悦する祐希は、口の中で敏感な反応を表す宗哉の熱塊がだんだんと愛《いと》しく思えてきた。セックスの相手に快感を与え、その悦ぶ反応を見てこちらも気持ち悦くなるのは、男の性というものだろう。

でもなんだか、辰夫の気持ちで犯すというより、女の立場でご奉仕してるだけのような気が……しないでもない。

足の間が熱を溜めてムズムズしてきた。宗哉を口で愛撫しながら、自分の屹立に手を伸ばしてみる。

これ以上ないくらい硬く張り出したその先端が、宗哉に負けず劣らず大量の露を溢れさせ、滴り落ちて布団を濡らしていた。

滑る先端を撫でてみると、幹がビクリと触れて膨張する。触発された乳首が収縮して尖ったのを感じた。後ろの窪みが開いて、欲しがる内壁がザワザワとうごめいた。

官能を知った体は宗哉の質量を覚えていて、与えられる快感を望んでいるのだった。

「触ってほしくなったか？」

宗哉は、祐希の胸に手をすべらせて乳首をこする。

「んぅ……っ」

電気が流れたみたいに高熱が体内を走り、下腹に衝撃を落とした。

たまらず隆起から口を離してしまう。喘ぎながら顔を上げると、唇の端に溜まった滴を宗哉の指が拭い取る。

「エロエロな顔してるな」

宗哉は祐希を抱えて起こし、膝の上に座らせた。

「祐希のヨダレでいい濡れ具合になった。挿《い》れてやるから、ケツ上げてここに座れ」

宗哉が自分の隆起に手を添え、座位での挿入を促す。

「お、俺が……襲う役だろ」

祐希は先走りと唾液《だえき》にまみれた口元を手の甲で拭い、憤慨しながら言ってみせる。けれど、赤く色づいた乳首とぐしょぐしょに濡れて張り出す屹立が、宗哉を欲しがっているのを暴露してしまっていた。

宗哉は、祐希の幹を握って笑う。

「これを、俺に挿れたいのか？」

それはちょっと、望んではいない。屈強《くっきょう》な体軀《たいく》の宗哉に華奢な自分のモノを無理に挿れたら、折れてしまいそうで恐ろしい。

宗哉は、祐希の足の間に手を差し入れ、窪みを指先でくすぐる。

「こっちはこんなに開いてるぞ？」

「ふぁ」

いきなり指を二本挿入されて、思わず身震いして仰《の》け反《ぞ》った。

「あ！　あ！」

高速で出し入れされたら、もう強がってなんかいられない。

「や……座る……そ、宗哉の、挿れて」

祐希は無我夢中で宗哉の首に抱きつき、腰を浮かせた。

「そのまま、ゆっくりこい」

「ん……」

宗哉の誘導に従って、ゆっくり腰を下ろしていく。窪みに当てられた熱塊が、ぬるりと内壁を割り入った。

最奥まで届くと、腹内を圧迫する重量感に祐希は満足の吐息を漏らした。

「どうすれば悦くなるか、もう知ってるだろう。動いてみな」

言われ、腰を揺らして埋め込まれた熱塊の感触を愉しむ。すぐに内壁が摩擦を欲しがって、記憶をなぞるようにして体を動かしてみた。

「うまいぞ。いい具合だ」

「ん……あ……はぁ」

褒められて体がさらに悦ぶ。官能の求めるままに腰をひねり、熱塊を煉《ね》りながら体を浮かせては沈め、屹立に直結した小さな一点をこすりつける。

内壁に埋もれたその小さな粒が、凝縮した快感を弾けさせては全身を巡り、射精へと追い上げていくのだ。

だけど、まだ慣れない祐希の律動では昇り詰めるまでには達しない。

「だめ……、ちが……もっと……」

祐希は、喘ぎまじりの勢いに乗せて望みを口にした。

もっと、焼けつきそうな摩擦が欲しい。一番いいあの箇所を、宗哉のストロークで刺激されたい。我慢できない欲求が込み上げて泣きたくなる。

「……して」

祐希は潤んだ瞳で訴えた。

「かわいくてたまんねえな」

宗哉は蕩《とろ》ける声で囁《ささや》き、祐希の湿った唇を齧《かじ》るときつく抱きしめて組み敷いた。

仰向けの体に宗哉の重みがのしかかる。

大きく引いた熱塊をひと息に押し込まれ、奥を貫かれて祐希は悲鳴に近い声をほとばしらせた。

「ああっ……あっ」

なんだかんだ言って、結局やられまくってよがるのは祐希のほう。

生まれてからこの年齢になるまで色っぽい経験が皆無なのは、別に貞操観念や身持ちが堅かったわけじゃない。単に、人づき合いがあまり得意ではなかったから、それらしき機会があっても目を向けなかった。自分にとってセックスは文章上の世界でしかなく、実際に体験するなんて考えたことも興味もなかっただけなのである。それが、こんな無防備に他人を受け入れたのは初めて。裸のつき合いをしているだなんて、自分でも驚きだ。

それにしても、このエロ指南が参考になってるんだかなんだかよくわからないけど、衝動をかきたてる官能には抗えないものがある。純平を保育園に送って帰ると、宗哉の顔を見るなり条件反射で体が疼いてしまう。そんな感覚が刺激になっているのは確かで、エロのモチベーションが上がって執筆も捗《はかど》る。悪い人間じゃないし純平も懐いてるし、彼の気がすむまでもう少し置いてやって、更生に協力してやるのもいいかなと思う。

「は……あ！」

往復する熱塊で腰が何度も突き上げられ、期待の頂点へと官能が昇り詰めていく。

敏感な粒が熱湯をかけられたみたいに高熱を発した。

弓なりにしならせた背中が硬直して、痙攣する屹立の中を熱い流れが駆け抜ける。同時に、こすれ合う宗哉との肌の間に欲液が広がった。

「そうや、みてみて。ほらっ」

純平が、おもちゃ箱から引っ張り出した竹とんぼを得意げに見せる。小さな両手をこすり合わせると、回転の足りないとんぼが小さな弧を描いてボトリと落ちた。

「懐かしいな。どれ」

宗哉はしゃがんで竹とんぼを拾うと、力強く両手をこすり合わせた。勢いを得たとんぼが天井にぶつかりそうなほど高く飛んで、数秒の滞空時間の末にゆっくり着地した。

「わあ、すごい！　ゆうパパよりとんだよ。すごいねえ。ね、ゆうパパ」

「ほんと、すごいね」

手を叩いて喜ぶ純平に、祐希は調子を合わせて答えてやる。

「もっかい。もっかいやって」

純平は走って竹とんぼを拾ってくると、目をキラキラさせて渡す。

宗哉の手から放たれたとんぼが再び天井高くまで飛ぶと、キャッと無邪気な感嘆を上げた。それがふわりと畳に落ちると、今度は物陰から狙《ねら》っていたにゃーたんがすっ飛んできてじゃれついて、純平はケラケラと笑い声をたてた。

「ねえねえ、どうやるの？　じゅんぺもいっぱいとばしたい」

　また走って拾ってくると、ちょこまかして宗哉にまとわりつく。なんだか親犬に狩り遊びをおねだりする子犬みたいだ。

「純平はまだ手が小さいからなあ。こうやって、シュッと」

宗哉は両掌で竹軸を挟み、大きくシュッとこすり合わせる。と、その手元を見ようとした純平がひょいと顔を出し、運の悪いことに宗哉の手から飛び出した竹がおでこにビシッとぶつかって弾け落ちた。

「たっ」

「お」

「ちょ、純平。大丈夫？」

　慌てて駆け寄り、目を傷つけてやしないかと心配して傷を診る。一瞬キョトンとした純平が、祐希の顔を見てくしゃりと口元を歪めた。

「ふえ……」

「あ、だ、大丈夫みたいだよ。ちょっとすりむけてるだけだから」

　大泣きされそうで、アタフタしてしまう。傷は本当にちょっとだけ。赤くなって小さくすりむけてはいるけど、血が出るほどでもない。だけど血相を変えて駆け寄った祐希の表情を見て、怖いことが起きたと思ってしまったのだ。

「どら、見せてみろ」

宗哉が横から手を差し伸べ、純平を膝に乗せる。長い指で前髪をかき上げて、生真面目な顔でじっと傷を見て頷く。

「ちっせえ怪我《けが》だな。それじゃ、拳《こぶし》を握って息をとめてみな」

言われた純平は信頼の眼差《まなざ》しで宗哉を見上げ、素直に拳を作って息をとめる。

「いち、にい、さん。よし。息を吐いて、今度は『痛くない、痛くない、痛くない』三回言うんだ」

純平は目の前で片手を広げて、ひとつずつ指を折りながら。

「いたくない。いたくない。いたくない」

おまじないを唱えた。

「どうだ。痛みどめの儀式だ。男なら、これで我慢できる」

すっかりその気になった純平が、たくましく眉尻《まゆじり》を吊り上げた。

「うん、もういたくない。なおった。じゅんぺは、おとこだ！」

痛みどめの儀式だなんて、ヤクザ社会の心得かなにかだろうか。物騒な雰囲気を持ち込むなと言いたいところだけど、怯えさせて泣かれる寸前だったから助かった。大泣きされ

るとなだめるのに四苦八苦なのである。もともとたいした傷ではないから、おまじないを唱える間に痛みから気が逸れたのだろう。

「そうだ。こんなの屁でもねえぜ」

「へでもねえぜ！」

「口が悪い……」

祐希はガクリと脱力して、絆創膏《ばんそうこう》を取りに立った。

鮮やかなお手並みだ。純平が生まれた時から世話してる祐希より、よほど子供の扱いがうまい。しっかり父親業をしてるつもりだったけど、大事にしすぎて過保護になっている自分を思い知らされて悔しいくらいだ。

自然体で接してくれる宗哉のことが大好きで、特に男らしい言動をリスペクトしているようでなにかにつけて真似をする。胸を張って堂々と考えを主張したり、宗哉にしてもらったことを手本にして一生懸命にゃーたんの世話をしたりする。保育園でも、自分より小さな子に手を貸したりと、ここ数日で率先してなにかをしようとする活発な行動が増えたと保育士さんが言っていた。

乱暴な言葉遣いまで真似するのはちょっと困るけれど、宗哉の存在はちょうど自我の芽生えはじめた三歳児にはいい影響を与えているのではないかと思う。

子供の成長を見守る親としては、保育園での嬉しい報告を聞くと感慨ひとしおで、祐希の中でも宗哉の株が上がろうというものだ。

「危なかった。目玉に傷でも入ったら大変だったぜ」

宗哉が、祐希の耳に顔を寄せ潜め声で言う。

「でも、たいしたことなかったから」

「ホッとしたな。ガキの行動は予測がつかないから気をつけねえと」

祐希は横目で宗哉を見て、知らず口元が微笑んだ。

子供を守る責任というものを、ちゃんとわかって純平に接している。うっかりな偶然を反省してくれているのだ。甥《おい》っ子たちの子守りで身に着いたスキルだろうか。ヤクザ崩れではあっても、彼のこんなところが安心して純平を任せていられる理由のひとつだ。

「さ、できた」

祐希は、純平のおでこに絆創膏を貼《は》って頭を撫でてやる。

「そろそろ買い物にいこうか」

「おかいもの！」

純平は破顔して駆け出すと、にゃーたんを抱っこしてフワフワの毛皮に頬《ほお》ずりする。

「にゃーたんのおもちゃ、かってくるからね。いいこでおるすばんしててね」

必須な猫トイレとご飯は揃えたが、おもちゃはあり合わせのビニール紐《ひも》と紙を丸めたボールもどき。新聞に入っていたペットショップの広告を見た純平が猫用おもちゃを買ってあげたいと言うので、いってみることにしたのだった。

「こどもゆうえんちであそんでもいい？」

「乗り物はみっつだけね」

「みっつだけ！」

浮かれる純平がビッと敬礼して笑う。

バスで二十分ほどの距離にあるショッピングセンターには、何度か連れていったことがある。小さな広場に幼児向けの遊戯施設もあって、お金を入れて動く車と動物と、ミニSLがお気に入りなのである。

バス停までの道すがら、祐希と宗哉の間で手をつないだ純平が、足を浮かせて「ブランコ～」と言いながらぶら下がる。

「おひるごはんはぁ、オムライス」

「はいはい」

「そうやは、なにたべる？」

「ん～、とんかつ定食かな」

「とんかつ〜」

初めての三人でお出かけで、ご機嫌だ。

バス通りに出る手前の角を曲がったすぐのところで、道の端に寄って立ち話する三人の男の姿が目に入った。

凝視するのは失礼だと思いながらも、つい見てしまう。上下ジャージを着た闊達《かったつ》な六十代くらいと、白髪の五分刈り頭にアロハかと思うような派手な開襟シャツに雪駄《せった》を履いたこれまた闊達そうな七十代くらいのお年寄り。ジャージのほうは福々しい気のよさそうないかにも下町の庶民風で、アロハのほうは色黒で目つき鋭く若い頃はさぞ強面《こわもて》だったろうと思える一般離れした風貌《ふうぼう》。そしてもう一人は、でっかく虎《とら》の絵がプリントされたTシャツにダボダボパンツ、半分しかない剃《そ》りすぎ眉毛をした、二十歳《はたち》そこそこくらいの青年である。

年齢も服装の趣味もバラバラ。分類するとしたら同じところに納まらないだろうという三者三様の男たちが、対等なようすで談笑しているのだが……。

あまりにもちぐはぐで、どういう取り合わせかと詮索《せんさく》したくなってしまうのは、意識しても抑えられない物書きの習性だ。

祐希は凝視してしまったことを悟られないよう、さり気なく通りすぎようとした。

と——。

「おや、宇梶の若じゃないか」

声をかけられて「え？」と顔を上げた。

二人のお年寄りと一人の青年がこちらを見ていて、その視線が宗哉に集まっている。

宗哉がジャージのおじいさんに向かって手を挙げた。

「よう、江原《えはら》のご隠居。今日も元気そうだな」

「おかげさんで、絶好調さ」

ご隠居とやらは、確かに『宇梶の若』と言った。宇梶は宗哉の苗字《みょうじ》。そしてご隠居と宗哉が親しげに会話している。

「こんなとこでなにしてんすか、宗哉さん」

そう言うのは、虎Tシャツの青年。

「ケンカしてふいと出ちまったきり、一週間も帰らないから下の若が心配してますぜ」

元強面に似合わず高いハスキー声で言ったのが、アロハの年寄り。

祐希はポカンとして宗哉と三人組を見渡してしまう。

「あいつはほっとけ。いつまでも学生気分が抜けねえんだ。ところで、三人揃って井戸端会議か？」

「このところ夜中に不審な輩《やから》が出没してるって話で」

「本間《ほんま》さんちが放火されたんだよ。自転車のタイヤが焦げただけのボヤですんだからよかったけど、怖いねえ」

「きっと相馬《そうま》組のやつらっすよ」

「相馬のバカどもか。前からちょくちょくシマ荒らしにきてたが、他になにかやらかしたか？」

「あっちのコンビニで高校生が絡まれたとか。チンピラっぽいやつらだったそうっす」

「見回りを強化しないといけねえですね」

「頼むわ、源《げん》さん。界隈《かいわい》の住民にとっちゃ、警察より宇梶さんのほうが頼りだ」

なにがなんだか、祐希を置いて彼らの会話が進む。

「あの……、お知り合い？」

誰にともなくボソリと訊いてみた。すると、ジャージの江原が道の向こうを指差す。

「ご近所さんだよ。うちは、ここ。宇梶組はほら、向こうの角を曲がった目と鼻の先」

「ご……、宇梶……組」

突然の情報が頭の中で入り乱れて、眩暈《めまい》がしそうになった。

「ここいらの住民は昔から宇梶さんの世話になってる。組が睨みをきかしてくれるおかげで、夜中に鍵《かぎ》をかけなくても眠れるくらい安心して暮らせてるんだよ。おたくは？　見かけないけど、このあたりに住んでるのかい」

「あ、はい。あっちのアパートに。去年越してきたばかりなんで、近所づき合いがほとんどなくて」

「なんてゆうアパートっすか？」

「ハイツ・タクミ」

「知ってる。ハイツとは名ばかりのオンボロ木造アパートっすね」

「失礼なこと言うんじゃねえ」

アロハのじいさんが、虎Tシャツ青年の膝裏に蹴《け》りをかます。膝の抜けた青年がカックンと仰け反った。

「宅見《たくみ》さんのアパートだね。あれもちょっと頑固なとこはあるが、根はいいやつだ」

「え、ええ。大家さんにはよくしていただいてます」

「で、宗哉さんの外泊はめずらしいこっちゃないけど、一週間もどこにいたんすか」

青年が『この人のアパートだろう』といった確認の目を祐希に向け、宗哉も横目で祐希を見やる。

「イロのとこで世話になってんだ」

「イ……ッ？」

とんでもない発言をされて、祐希は焦って宗哉を見返した。

「イロだったすか。こりゃまた……」

「へえ」

「いや、ちが……」

三人が揃って口をあんぐり開けるけど、こっちのほうが心底あんぐりだ。

「まだ当分帰らねえよ」

「了解っす。おやっさんに報告しときます」

「なるほど。最近よく聞く、同性婚てやつか」

「さすがうちの若だ。進んでるねえ」

「違います。こっ、婚じゃなく……っ」

同性婚でもイロでもない。恥ずかしながらカラダのアレコレはあるけど、でもそんな色っぽい関係ではない。のである。しかし三人は、驚きつつも男同士の関係をすんなり受け入れてるようす。

「隠さなくても大丈夫っすよ。俺ら、いちおうそういうの理解あるんで」

「誤解です。宗哉の冗談——」

「ねえねえ」

純平が、つないだ祐希の手を引っ張り口を挟む。

「いろってなあに？」

「えっっ」

謎単語の意味を訊かれて、祐希は言葉に詰まった。大人たちの会話が終わるのをおとなしく待っていた純平だが、祐希のアタフタするようすを見て不思議に思ったのだろう。答えに困って口が引きつってしまう。

「いろいろだよ、いろいろ。ははは。ボク、お名前は？」

代わりに江原が屈み、福々しい笑顔ではぐらかしてくれた。

「なるせじゅんぺえ」

「じゅんぺえくんか。ハキハキしたいい子だ。ちょっと待ってな」

臆《おく》さず答える純平の頭を撫で、玄関の引き戸を開けて声を上げた。

「おーい、ばあさん。昨日もらった菓子があるだろ。少しひねってくれ」

「はいはーい」

奥から返事が聞こえ、すぐに老婦人が玄関先に現れる。江原に手渡したのは、半紙の四角を上部でつまんでひねった包みだ。『ひねってくれ』というのは、子供用にお菓子を分けて紙に包んでやれという意味らしい。

「ありがとう」

お菓子をもらった純平は、さっそく包みを開く。入っているのは、カラフルな金平糖《こんぺいとう》とビスケット。ピンクの星をひとつ口に放り込むと、「あま～い」と嬉しそうに笑った。

なんというか、昭和の香り漂う和やかな下町風情で、毒気を抜かれてしまう。

「俺ぁ、先代の頃から宇梶組の若頭を務めとる源田《げんだ》ってもんです。こいつは孫の」

「源田恭介《きょうすけ》っす。町内ウロウロしてるんで、見かけたらいつでも声かけてください」

「江原です。生まれた時から六十八年ここに住んでる古参で、町会長もやってる。なにかあったらうちにも相談においで」

「あ、はい。どうも。成瀬祐希といいます。よろしくお願いします」

唐突に自己紹介されて、釈明する気力を削《そ》がれた祐希も丁寧に頭を下げて名乗る。

それを見てやっと終わりかと思った純平が、「はやくいこう」と宗哉のシャツの裾を引っ張った。

「そうだ、バスの時間がある。もういかねえと」

「お出かけすっすか」

「買い物だ」

宗哉が切り上げると、源田と孫の恭介が姿勢を正す。

「いってらっしゃい」

二人が無骨に頭を下げ、江原がにこやかに手を振って送り出してくれる。

バス通りに出るとすぐ後方にショッピングセンター行のバスが見えた。

ギリギリで間に合って乗り込み、後ろの席に並んで座ってひと息つくと、祐希は今さっきの会話を頭の中でまとめてみる。一度は削げた釈然としないものがムラムラとよみがえってきた。

「誰がイロだって。ただの居候のくせに」

純平を窓際にして、隣に座った宗哉にボソリと抗議する。

「どこも間違ってないだろ。イソウロウ。略してイロだ」

「略……って」

しゃあしゃあと返されて、呆れて文句も引っ込む。天然なのかワザとなのか、オヤジギャグすぎて、また脱力させられてしまった。

「たく……。更生中の元ヤクザだとばかり」

「更生中？　そんなこと言った覚えはないな。俺は現役のヤクザだ」

宗哉は堂々とのたまう。

確かに、あの転がり込んできた日からこれまで、彼は身の上をほとんど語ったことはなかった。こちらの事情に関しても踏み込んで知りたがったり詮索したりしなかったから、祐希もなにも訊かず『更生中』だと推測して、更生に協力してやろうなんて勝手に納得していた。

「風呂上がりに刺青を見せられちゃった時、なんか恥じてるみたいな感じだったろ。だから元ヤクザで、刺青は触れられたくない過去の遺物なのかと」

そう解釈して見なかったことにしたのだが。

「恥じてなんかねえよ。刺青ってのは、極道に生きる覚悟を刻んだもの。一般社会との線引きをわきまえる意味もある。ひけらかしたり怖がらせたりしないように気遣うのは、カタギ衆に対する極道の作法ってもんだ」

「な……なるほど……？」

ヤクザなんて人種とはリアルにかかわったことがないから、そういう刺青の覚悟だとか礼儀みたいなものは実感としてよくわからない。でも、ニュースでよく見る物騒な事件でヤクザは怖い組織という認識しかなかったけれど、なんとなく清水次郎長《しみずのじろちょう》や国定忠治《くにさだちゅうじ》といった昔の任侠《にんきょう》物語を思い出した。

宗哉は宇梶家の長男で組長の跡目で、現役バリバリのヤクザだった。家は、祐希のアパートから歩いて十分ちょっとの町内に建つ。その宇梶組というのは近所づきあいと信頼関係を大事にし、不穏な輩が入り込まないよう目を光らせて町の治安を守る、地域に根差した組織であるらしい。

「そうならそうと最初から言えばいいのに、まぎらわしい。近くに住んでるならさっさと出ていけ」

「だめだよ、ゆうパパ」

窓に張りついて街並みを眺めていた純平が、『出ていけ』という言葉に反応してグルンと振り返った。その顔は、いっちょまえにも「めっ」と祐希を叱《しか》る表情だ。

「そうやはおうちがないんだから、かわいそうでしょ」

「や、だからそれは」

猫と一緒に拾った翌朝に、宗哉には家も仕事もあるからいつまでも泊まれないのだと説得して、純平も一度は納得したはずだった。それが、当然のような顔で一週間も住み着かれていたもので、リセットされてしまったらしい。

「宗哉の家は近所で、いいかげん帰らないと家族が」

「ちがうもん。そうやのおうちは、じゅんぺんち。にゃーたんもそうやも、じゅんぺのかぞくだもん」

純平は、言いながら祐希の膝を乗り越え、宗哉にしがみつく。

「そうだそうだ。純平は優しいな。俺はおまえたちの家族だ」

「なに言ってるの、二人して」

「祐希と俺は、もう他人じゃないだろ」

純平を抱き返しながら、宗哉がペロリと唇を舐めて見せた。

「夫婦の営みを毎日アレコレ」

「ふーふのいとまみってなあに？」

「う……っ」

「すごく仲良くすることだ。チューし――」

「やめなさいっ」

祐希は慌てて宗哉を遮った。

子供の前で、またもキワドイ発言をしてくれる。純平が保育園にいってる間のアレやコレやの恥ずかしい映像が、脳内を駆け巡って赤面してしまった。

無邪気な質問には誠意をもって応えてやりたいところだが、夫婦の営みだなんて解説してやるわけにはいかないし、年季の入った江原みたいにサラリとはぐらかすスキルも祐希には足りない。

「あ、次だ。次で降りるよ」

純平と宗哉に結託されたら勝ち目がない。ちょうど目的地が見えてきたのをいいことにうやむやにして、そそくさと降りる準備を促した。


買い物客のニーズに応えたコミュニティ型ショッピングセンターは、休日ともなると家族連れで賑わう。

オムライスと子供遊園地はあとのお楽しみで、まずは広告の猫グッズを見るのが先。と純平が率先して言うので、ペットショップを探しがてら吹き抜けの中央通路をブラブラ歩いていると。

「あ、クマさんだ」

特設ステージの前で、クマの着ぐるみが歌のおねえさんみたいに爽《さわ》やかな女の人と並んでチラシを配っていた。

純平がフラリと引きつけられるけど、手をつないでクルリと方向修正させる。クレープやシュークリームの匂いに引き寄せられたり、イベントがあれば立ちどまったり。猫グッズ選びを楽しみにしていた当の本人が寄り道ばかりで、なかなかペットショップに辿《たど》り着けない。いちいち純平の興味につき合っていると、目的を忘れて一日が終わってしまいそうだ。

「にゃーたんのおもちゃは？」

そう言ってやると、純平はハッとしてキョロキョロとショップ探しに戻る。

「おもちゃだよね。おもしろいの、かってあげようね。どこかな」

しかし、探しながらも目が名残惜しそうに着ぐるみを追う。

「フロアガイドに東館の二階って書いてある。あっちだ」

宗哉が東につながる通路を示し、純平の手を引いた。

目的のショップは犬猫の他にハムスターやモルモット、フェレットといった小動物コーナーもあり、スペースを広く取っていて清潔だ。お世話用品からおもちゃまで充実していて、見るだけでも楽しくなる。浮かれた純平が最初に張りついたのは、ショーケースに並んだ子犬と子猫。捨て猫のにゃーたんとどこが違うのかなと首を傾げたくなるけど、やはり毛並みと美しい模様の差なのだろう。とてもじゃないけど手の出ないお値段で、にゃーたんがタダの子でよかったと思ってしまう。

「うわあ、みみがぺったんこ。かわいいねえ」

スコティッシュフォールドと書いてある。純平がガラスをつつくと、ケースの中の子猫がピョンと飛んでじゃれついてきた。

ひとしきり子猫を見たら、次は子犬のケースに移動する。

「ワンコ、かわいいよ。けがくるくるりん」

トイプードルだ。ケースごとに指でちょんとつついていくと、どの子も元気に飛びついてくる。遊ぶのが大好きなのは、犬も猫も人間の子供も同じ。「かわいい」を連発してはしゃぐ姿を見て、純平が一番かわいいよと心の中で言う親ばかである。

「これつけたら、おさんぽできるの？」

やっとキャットコーナーに移動して、目を輝かせて言うのは、棚にズラリと下げられた色とりどりのハーネスだ。

「そうみたいだね。にゃーたんとお散歩できたら楽しそう」

「これほしい」

「どのタイプがいいか、店の人に訊いてみるか」

親切な店員さんの説明を聞いて、ベストタイプでサイズ調節のきくSサイズお買い上げ決定。

おもちゃは種類が豊富すぎて目移りしてしまう。針金の先にキラキラの蝶々《ちょうちょう》や紐がついているものや、電動のネズミ、レーザーポインター、トンネルまである。順に見ていくと爪とぎが目に入って、これは絶対に必要そうなので決定。

「いろんなグッズがあって、びっくりしちゃうな」

「ひらひらレースのドレスまであるとは、驚きだ」

宗哉と二人して、感心することしきりである。

「食器もデザインや模様が凝ってるし。このフード皿と水飲みの足跡模様かわいい」

「セットで買うか？」

「う〜ん、悩みどころだなあ……。かたっぱしから買ってると予算オーバーしちゃう」

とりあえず今は使う頻度の少なかった小皿とお椀《わん》を代用しているのだが、まだしばらくはそれでいいかなという気もする。

「俺が買ってやる」

「居候のくせに」

「少しくらいは金持ちなんだぞ」

「少し？」

そりゃヤクザの跡目といったら貧乏ではないのだろうけれど。

「せっかくだけど、予算内で収まるようによく考えて選ぶよ」

祐希は笑って言うと、バラエティ豊かな棚を眺め渡した。

今までペットを飼ったことがないから、こんな盛りだくさんの品々をじっくり見るのは初めて。新しい家族のグッズを選んでいると、なんだか気分がウキウキして目についたもの全部買ってみたくなってしまう。ペットショップというのは、不思議な魅力のある店だ。

「これ、ベッド。快適そうだね」

「人間用以上にいたれりつくせりだな。ドーム型……ラウンド型……ハウス型だと。どれもフカフカで寝心地よさそうだ」

「ベッドも買ってあげたくなっちゃうねえ。どうしよう、迷う。ね、純平」

お値段的にはシンプルなハウス型が安価だけれど、ベッドとなればいいものを選んであげたいかなとも思う。ドーム型の穴ぐらに手を入れ、フカフカ具合を試しながら純平に訊いてみた。

「でもうちにあるクッションでいいかなあ。ねえ、純平?」

返事がなくて、ふと周囲を振り返った。

「純平?」

すぐそばで一緒に見ていたはずの、純平の姿がない。

「あ、あれ? どこ?」

　宗哉が伸び上がってあたりを見回す。

「このへんにはいないみたいだ」

　キャットコーナーのあたりにはいない。また子猫と子犬を見ているのだろうかと思ってショーケースのところにいってみたけど、いない。店内を隅々まで捜しても、どこにも見当たらない。

　そんなばかなと、青くなってしまう。今までどこに出かけても、そばから離れることなんてなかった。祐希の姿が見える場所から先には、一人でいってしまうことなど一度もなかったのだ。いや、一度だけある。でもあの時は近所の食品スーパーで、気づいて捜したらちゃっかりお菓子を見ていただけだった。

　店内のどこにもいないなんて初めてのことだ。

「まさか、誘拐……」

　最悪の事態が頭をよぎる。

「大丈夫。子供がフラフラどこかいっちまうのは、よくある。見かけなかったか店員に訊いてみよう」

　宗哉に言われて『一人ではそんな遠くまでいかないはず。焦らなくても、きっとすぐ近くにいる』と心の中で自分を励ます。

しかし、訊いてみたところ店員たちはみな知らないという。たぶん、なにかに引かれて通路のほうに出ていったのだろう。向かいのファンシーショップにでも入っているのかもしれない。

純平が戻ったらレジカウンターのそばで待たせてくれるようにと頼んで、ペットショップの外に捜しに出てみた。

通路に姿は見当たらない。向かいのファンシーショップは、せいぜい十坪足らずといったていどで、おしゃれでかわいい小物やぬいぐるみが所狭しと並ぶ。

「いないよね？」

陳列棚と台の間をぬって捜し、見落としてやしないかと宗哉に確認する。

「女の子向けの店だからな。あっちのおもちゃ屋はどうだ」

今度は、数件先の店へと二人して駆けていく。そこは知育玩具の専門店で、ペットショップに辿り着く前に興味津々でショーウィンドウの展示商品を眺めていた。けれど、期待した姿は店内にない。

血の気が引く思いで近くの店から順に覗いていると、ふと迷子のお知らせアナウンスが耳に入ってピタリと足をとめた。

「成瀬純平くん、って言った？」

祐希は、隣に立つ宗哉を振り仰ぐ。

「言った」

耳をそばだてると、アナウンスは「二階インフォメーションセンターまでお越しくださいませ」と続く。

祐希は、宗哉と頷き合うなりまっしぐらに駆け出した。

二階インフォメーションセンターは、東館と西館をつなぐ通路のすぐ脇にある。距離的にはそんなに離れてはいないのだが、なにしろ慣れないと迷路のように感じる構造だ。

ペットショップでにゃーたんのグッズを見ていたはずなのに、いったいどうして迷子になんかなったのか。

指定のインフォメーションセンターに駆けつけると、純平はカウンターの横でおとなしく迎えを待っていた。

「純平！」

呼ぶと、振り向いた純平が飛びついてくる。しゃがんで受けとめてやると顔がくしゃりとベソをかいた。

「こら、クソガキ。心配して捜し回ったぞ」

宗哉が指先でピンと純平のオデコを弾いて笑った。

純平は口の端っこで笑みを返し、今にも溢れそうだった涙を手の甲でゴシゴシ拭う。

宗哉の顔を見て、男らしい強い気持ちを取り戻したようだ。初めての迷子だけれど、宗哉の影響のおかげでまたひとつ成長が見えて嬉しい。でもそんな姿がいじらしくて、祐希は小さな体をギュッと抱きしめてしまう。

「お世話かけてすみません。ありがとうございました」

祐希が受付の職員に礼を言うと、宗哉がひょいと純平を抱き上げる。

「にゃーたんのおもちゃ屋さんがわからなくなっちゃったって、ちゃんと説明して名前も教えてくれたんですよ。しっかりしたお子さんですね。お迎えきてくれてよかったね、純平くん」

きれいなおねえさんにふんわり微笑まれて、純平は照れた顔で俯《うつむ》く。その目がほんのり赤いのは、保護された時に泣いていたからだろう。

インフォメーションセンターをあとにすると、宗哉の腕の中で安心した純平が両足をパタパタさせる。

「おねえさんに褒められたな。名前を言えて偉かったぞ。また迷子になっても、今みたいにアナウンスがあればすぐ迎えにきてやれる」

「ほんと？　なまえいったらそうやとゆうパパいっしょにきてくれる？」

「もちろんさ。二人ですぐ駆けつけるから」

「うん。やくそくね」

「ああ、約束だ」

「だからって、また迷子になっていいとかいう話じゃないんだよ？」

祐希がちょっと叱る顔を作って言うと、純平はエヘへと無邪気に笑った。

「でも、どうして一人でお店から出ていっちゃったの」

「あのね、クマさんがいたの。あくしゅしたよ」

純平の目がキラリと輝いた。

「ああ……なるほど」

特設ステージの前にいたクマの着ぐるみだ。チラシを配りながら館内を練り歩いていたのだろう。祐希が猫グッズ選びに夢中になっている間、ちょうどショップの前を通りかかったのを見かけて、一人でフラッと店を出てしまった。小さな子供は時間も距離の感覚も未熟なのだ。握手してもらったりして追いかけているうちに祐希からどんどん離れていって、気がついたらショップがどこにあるかわからなくなっていた。そしてこの巨大迷路で途方にくれているところを、保護されたというわけだ。

「ホッとしたらお腹すいてきた」

「オムライス！」

「昼飯にするか」

「先にお買い物してからね」

買うつもりのグッズを入れたカートは、店員に純平の行方を尋ねたままレジカウンターに放り出してきてしまったのだ。

ペットショップに戻ると、お詫びと報告をして買い物再開。ハーネスと爪とぎと、三人して迷った末に決めたフカフカのドーム型ベッド。ススキの猫じゃらしと、紐の先に小さなネズミのついたおもちゃを買った。それからレストラン街に移動して、何度か入ったことのある店で純平はキッズメニューのアイスクリームつきオムライス。宗哉は、とんかつ定食がなかったのでチキンとビーフにソーセージを添えたミックスグリル。肉が好きらしい。次の収入で我が家の焼き肉でもしてやろう。祐希はパスタにして、大盛りサラダも頼んで取り分けて食べた。

お腹を満たしたら、買い物をコインロッカーに預けてお待ちかねの子供遊園地だ。

約束どおりみっつ乗り物に乗ったあと、ご機嫌な純平は滑り台やら回転ジムやら、全力で駆け回って遊ぶ。

元気すぎて、座業で体のなまっている祐希はついて歩くだけで疲れてしまうくらいだ。

「ゆうパパー、みてー」

純平がキューブのトンネルから顔を出し、ベンチで休憩する祐希に手を振る。

「ほ〜ら、捕まえるぞお」

宗哉が窓から手を入れて捕まえるジェスチャーをすると、キャッと笑い声をたてて引っ込んだ。

さっきから延々、宗哉が鬼役ばかりの鬼ごっこをしているのである。

半透明でカラフルなキューブの中を、純平がゴソゴソ逃げていく。それを宗哉が外から追いかけ、顔を出したところで捕まえようと手を伸ばし、ギリギリでワザとすり抜けさせてやる。かと思えば、キューブからポンと飛び降り「こっちだよぅ」などと小憎らしい口調で言って、宗哉が追いかける仕種をするとまたキューブの穴に飛び込む。

幼児にはスリル満点の鬼ごっこで、純平は逃げるのに夢中だ。

多くの家族連れが広場に集い、思い思いに休日を楽しむ。純平と宗哉の追いかけっこを見た男の子が、自分もあれやりたいとお父さんにせがむ姿もあった。

柔らかな午後の陽射しに、吹き通る緩やかな風。子供たちの甲高い笑い声と、平穏なざわめき。

純平がまだよちよち歩きだった一歳の頃、休日の午後になると雅文と連れ立ってよく公園に出かけたものだった。雅文の妻、美沙恵《みさえ》の育児疲れ解消のためにたっぷり三時間ほど。ベビークッキーと、りんごジュース、外遊びのおもちゃを持って。

ボールを転がしたり、砂場にしゃがみ込んで山を作ったり。雅文が抱っこしてブランコをこぐと、純平はケラケラとはしゃいだ。

一緒になって遊ぶのは楽しくて、家で羽を伸ばしている美沙恵の代わりに汗を拭いてやり、水分補給のジュースを飲ませ、お母さん気分で世話をした。雅文が純平を遊ばせている姿を、こんなふうにベンチに座って眺めるのも好きだった——。

照り映える陽射しの中で、宗哉が純平を高く抱え上げる。祐希は眩《まぶし》さに目をすがめ、二人に向かって微笑みかけた。

「のどかわいたあ」

雅文と過ごした幸せな時間が戻ったようで、切ない思いに胸をくすぐられる。

純平が汗だくで駆けてきて、祐希のカバンを探る。水のペットボトルを出してやると、ゴクゴクと勢いよく飲んだ。

「いっぱい走って疲れたでしょう」

「つかれないよ。もっとあそぶ」

「元気だなあ」

「子供は疲れ知らずだもんな」

「うん、しらずだもん。ゆうパパもいっしょにあそぼ」

「そうだね。その前に、汗を拭かなきゃ」

「少し休憩だ」

宗哉が、祐希の隣にドッカと腰かけた。純平と一緒になって走り回っていたのに息切れひとつしてなくて、子供以上にタフな男だ。

タオルを引っ張り出すと、純平は宗哉の膝によじ登ってちょこんと座る。

しかし、さすがに疲れたのだろう。ちょうど、お昼寝の時間でもある。汗を拭いてやっていると、宗哉の胸にもたれかかったまま、まぶたがトロリと落ちた。

「あれ、寝ちゃった」

「一瞬だな」

宗哉と顔を見合わせて、起こさないよう声をこらえて笑ってしまった。

「こういうとこ、まだ赤ちゃんだった頃と変わらない」

雅文と出かけた時も、純平は遊び疲れると雅文に抱っこされたままパタリと眠ってしまっていた。外遊びから帰ると、いつも美沙恵はお昼寝の布団を敷いて待っていた。純平を布団に下ろすと、雅文まで一緒に大の字になって寝てしまう。そんな休日の、平和な家庭の風景。たくさんの懐かしい思い出が祐希の脳裏に映し出される。

だけど、一歳で両親と死に別れた純平には、雅文と過ごした記憶は残っていない。今この子を抱いているのは、宗哉なのだ。

雅文と美沙恵のぶんまで愛情をかけてやりたくて、頼れる父と優しい母の役割をせいいっぱい担ってきたつもりだった。でも、こうしていると宗哉と雅文の姿が重なる。自分一人では足りないものがあるのだと、宗哉を慕って多くを学ぼうとする純平を見て思い知らされる。

「俺……、本当は純平の父親じゃないんだ」

宗哉の胸で安心しきって眠る純平の信頼感が、伝染したのだろうか。素直な告白が唇からこぼれた。

「別に隠してたわけじゃないけど、言う必要もないかなって」

祐希は伏し目がちに、宗哉の横顔を窺った。

「なんとなくそうだと思ってた。だから『ゆうパパ』なのか」

宗哉は驚きも見せず、穏やかに応える。

「父親は？」

「一緒に暮らしてた従兄で、二年前に亡くなった。奥さん……美沙恵さんと二人で乗ってた車が、高速の玉つき事故に巻き込まれて」

　あの日、美沙恵の親戚の法要で夫婦は朝早くから出かけていた。その夕暮れ時。留守中の子守りを任されていた祐希は、警察の電話を受けて純平を抱っこしたまま卒倒しそうになった。忘れたくても忘れられない、絶望の報《しら》せだった。

「俺の母はシングルマザーで……、だから俺は父親の顔も名前も知らない。三歳の時に母に捨てられて、六歳まで祖母に育てられたんだ」

「六歳まで？」

「病気で亡くなった」

「そのあとは」

「だいたい一年から二年周期くらいで親戚の家を転々とさせられてた。施設に入る話もあったらしいけど、祖母の資産が少し残ってたから」

「金目当てのたらい回しか。恵まれない子供時代だったんだな」

　宗哉は低く言うと片手を伸ばし、慰めるような仕種で祐希の頬を軽く撫でた。

「そんなにひどくはなかったけど、よくもない暮らし。どの家にいっても居場所がないっていうか……家族にはしてもらえなかったな」

　そのせいで、純平に『そうやはかぞく』発言をされると、むげに違うとは言えなくなってしまう。そうしてダラダラと居候させてしまっているのだった。

「生まれ持った性格もあるんだろうけど、おかげでコミュニケーション能力が育たないまま大人になっちゃった。他人と喋るのが苦手なんだ」

「俺とは最初から普通に喋ってるじゃないか」

「それはたぶん、純平が間にいるからだと思う」

祐希は、クスと肩を揺らす。

「母親は、今どこに？」

「わからない。ある日突然いなくなって、すぐ祖母が迎えにきた。人生をやりなおすから祐希を頼むとかって、電話がきたそうだよ。それ以来、音沙汰《おとさた》なし。俺はまだ小さかったから、母のことはあまり覚えてないし……今さら会いたいとも思わないけど……」

こんな湿っぽい話なんか聞かされても楽しくないだろうと、喋りながら気恥ずかしくなってきた。けれど、宗哉はめずらしく真摯《しんし》な表情で耳を傾け、同情も困惑もない自然な言葉をさらりと挟んでくれる。

自分から進んで他人に身の上を明かすのは、初めてのことだ。うまく話せなくて、なにを伝えたいのかも我ながらはっきりしない。でも、感情の赴くままとりとめもなくただ言葉が唇から流れ出していく。

「従兄が……雅文兄さんが引き取ってくれたのは、中学生の時。母と雅文兄さんのお母さんが姉妹で、たらい回しの俺を気にかけてくれてたって聞いた。でも、伯母は早くに離婚していて女手ひとつで雅文兄さんを育てたけど、癌で亡くなった」

「家族の縁が薄い家系なんだな。どういうわけか生き別れ死に別れが多い、って家の話はよく聞く」

「だから、純平は唯一の生きがい。この子のためならなんでもする」

「道端に落ちてた猫とヤクザを拾ったりとかな」

　宗哉の軽口に祐希は声を上げて笑いそうになって、慌てて人差し指を口の前に立てた。宗哉の膝でお昼寝中の純平は、健やかにぐっすりだ。

「……俺にとって、雅文兄さんだけが家族だった。兄さんとの暮らしが世界のすべて。恋愛なんて目に入らないくらい、世界は兄さんを中心に回ってた。だから、本当は美沙恵さんを紹介された時はすごくショックだった。居場所をとられちゃうような……、兄さんの愛情ごと大事な暮らしを持ってかれちゃうみたいな気がして」

　宗哉が、僅《わず》かに眉間を寄せる。

「でも美沙恵さんはとても明るくて、優しい人だった。兄さんを幸せにしてくれる女性なんだって納得して、彼女を受け入れたよ」

二人が結婚した当時、祐希は大学生だった。実のところ、納得はしても、たらい回しの少年時代に身についた性格のせいで、美沙恵と完全に打ち解けることができなかった。へんに気を遣ってしまって、夫婦の会話にもまじることができずにいた。しかし、やがて社会人になった頃、純平が生まれて一変した。家庭にたくさんの愛情が溢れて、純平の成長のひとつひとつを三人で喜び合い、やっと美沙恵とも家族になれた。

初めて発した言葉らしき単語が『う〜ぱ』だった時の感動は、今でも忘れない。雅文と美沙恵はお互い『お父さん』『お母さん』と呼び合っていたのだが、彼らは息子の世話を進んでする祐希を『ゆうパパ』と呼んでいたのだ。

謎の単語『う〜ぱ』が『ゆうパパ』だと気づいた美沙恵は涙を流して大笑い。雅文は、『次は絶対とうさんと言わせてやる』と悔しがったものだった。

幸せな家族。ゆっくりと流れていく平穏な時間。

けれど、次の言葉は『とうさん』でも『かあさん』でもなかった。彼らの期待は叶《かな》わぬまま、最悪の別れが訪れてしまった……。

「戻れるなら、あの頃に戻りたいな」

たどたどしい口で初めて『とうさん』と呼ばれて喜ぶ雅文の姿が見たい。断ち切られてしまった家族の時間を、もう一度味わいたい。

「好きだったんだな」

「大好きだよ。この世に存在するありとあらゆる種類の愛情をひっくるめても足りないくらい」

「でも、もういない」

「そうだけど」

「新しい家族を作ればいい。従兄を忘れるくらいの家族を」

「雅文兄さんを忘れるなんて、無理」

「おまえのそんな顔を見てると、腹がキリキリ痛む」

　言われて、祐希は首を傾げた。

「胸、じゃなく？」

「腹だ。腹のずっと下が、従兄を忘れさせたくて疼くんだ」

　祐希は、宗哉の腹の下のほうに視線をやる。どういうことだかよくわからないが、祐希の話はなぜか宗哉の股間に直結したらしい。

「俺は、祐希が好きだぞ」

「え？」

　言葉の意図がピンとこなくて、間の抜けた顔で宗哉を見上げてしまう。

「純平も、俺を家族だと言ってるだろ」

「え、えと……？　新しい家族を作るって、俺と純平と、宗哉？」

「ああ」

「本気で？」

「本気だとも。偶像化されてる死人には勝てない。祐希の頭の中で、従兄は神聖できれいな思い出になってるからな。でも、今おまえたちのそばにいるのは俺だ」

低く囁く声が、祐希の頭の中で甘い響きを持って巡る。雅文の思い出に浸っていた感傷が、隅に追いやられた。

宗哉の言葉と同じことを、自分もついさっき思っていた。雅文を彼の姿に重ねながら、今この子を抱いているのは宗哉なのだ――と。

「いつから……そんな」

「最初からだ。家に寄ってくれと言われた瞬間、おまえを気に入った」

そうだ。あの雨の深夜、街灯の下で宗哉は小さく笑った。あの時は意味がわからなかったけれど、その笑みにそんな意味が含まれていたなんて想像もしなかった。

「どこか頼りないくせに、純平には一生懸命で……というより必死になってるように見えて、なにか事情があるんだろうと感じたよ。肩肘《ひじ》張らずに純平を育てさせてやりたいと思った。だから、俺はおまえたちの家族になると決めて居座ってる」

必死になってる自覚はあるけれど、会ったその日に見透かされていたとは驚きだ。

「つまり、それは……好きっていう告白？」

「健忘症か、おまえは。さっきそう言った」

「あ、うん……。だけど、いきなりで信じられない……」

「信じなくてもいいさ、今はな。一緒に暮らしてれば、俺の本気はすぐわかる。祐希だって、嫌いじゃないから抱かれてるんだろ。相思相愛で我が家はめでたし」

いっそ清々しいほどの自信で言いきってくれる。

確かに、嫌いじゃない。好きかと訊かれたら、好きだと答えられる範囲だろう。そう考えると、『出ていけ・帰れ』というのがすでに本気じゃなくなっていることに、改めて気づかされる。ただ、宗哉に抱くこの好意が恋愛感情なのか、単に体を重ねた連帯感のようなものなのか、判別つかない。

これまで恋愛経験が一度もないから、分析するにはデータが足りないのだ。

二度と戻ることのない家族。新しく作る家族。

――考えようとする頭の中が、ごちゃごちゃになってとまる。

祐希は、人差し指でコメカミを揉みほぐした。

「その件については、保留ということで」

「いちおう、了解。愛の告白が聞きたくなったら、またいつでも言ってやるぞ」

「それは、別に……」

告白されたにしては、あまりムードも色気もなかったような。

雅文を忘れさせたくて股間が疼くだなんて、会った翌日いきなり体の関係に持ち込んだ宗哉らしいと言えば、らしい。

嫌悪のない不思議な感情がほわりと体内に広がって、知らず口元が緩んでしまうが。

ふと、胸の奥底につねにつきまとって離れない嫌な感覚が浮上して、背筋がゾクリと冷えた。

いなくなってしまった大切な人たちや、冷たかった親戚連中の顔が脳裏に見える。

向けてくれる情を心から信じられるのは、今も昔も雅文だけ。居場所がなく縮こまって暮らしていた自分を救ってくれたのは、雅文だ。

彼はいなくなってしまったけれど、純平を残してくれた。彼の忘れ形見、なにより大切なこの子を守り育てることが、今の自分には唯一の生きがい。

これ以上、深く考えるのはやめよう。純平が懐いているから、自分も好意的に宗哉を受け入れた。ただそれだけのこと。宗哉の身元はわかったし、家が近いならいつまでも狭いアパートに居候してはいないだろう。よけいなことに頭を悩ませず、これまでのように純平のためだけ考えて生きていけばいい。

そう思いなおした祐希は、耳の奥に残る宗哉の告白を振り払った。

それは、悲しい別れを経験してきた防御本能。いつか訪れるであろう別れで傷つくことを恐れるあまり、無意識ともいえる習性で感情をセーブしてしまう祐希なのだった。

深夜十二時過ぎ。バイトから帰ると、祐希はドアを開ける前にブルーカットの眼鏡をかける。

普段は仕事以外では使わないのだが、クレンジングで落としきれない薄っすら残ったアイラインとシャドウをごまかすためだ。

宗哉には、知人のバーを手伝っているとしか教えていない。隠すほどのことでもないとは思ういっぽうで、ゲイバーで女装して働いているとはやはり言いづらいものがある。

「ただいまぁ」

玄関に入ると、純平が寝ぼけ眼をこすりながら宗哉を捜す。

「おかえり」

宗哉が出迎えると、買ったばかりのフカフカ猫ベッドで寝ていたにゃーたんも、ぴょんと飛び出て走ってきた。

「にゃーたん、ねるよ」

パジャマに着替えた純平は、温《ぬる》めの牛乳を飲んでにゃーたんと一緒に布団に入り、パタリと目を閉じる。瞬間、健やかな眠りに落ちていた。

寝かしつけた宗哉が布団から離れ、そっと襖を閉める。

「猫を抱っこしてると寝つきがいいな」

「弟みたいに思ってるからね。かわいくてしょうがないみたい」

「ああ。一生懸命に世話して、いっちょまえにお兄ちゃんのつもりだ」

　推定生後二か月で拾った時より一回り大きくなったけど、まだまだやんちゃな赤ちゃん猫である。ペットショップで買ったおもちゃは大ウケで、あっという間にヨレヨレ。一緒によく遊び、一緒に布団に潜り込んで眠る仲良し兄弟だ。

「情操教育に貢献してくれて、いい子だよ。飼ってよかった」

　足を投げ出してくつろぐ祐希の前に、宗哉が胡坐で座る。

「なあ、夜中に純平を移動させるのはかわいそうだ。祐希が夜のバイトにいってる間、俺が家で見ててやるよ」

　この時間の純平は、バイトの日を除いていつもは家でぐっすり眠っている。託児所でも九時には就寝なのだが、その三時間後には起こして帰宅するのである。かわいそうだけど、あと数年の辛抱。純平が小学校に上がる頃には貯金が目標額になる予定だし、本業だけで充分にくらしていけるようになっているはず。そのために、育児に仕事にと、日々頑張っているのだ。

「居候にそこまで頼めないよ」

「もう居候のつもりはない。祐希のバイト代ていどなら出す。なんなら、俺の収入を全部渡してもいいぞ」

祐希は小さく目を見開き、ゆっくりと首を横に振った。

先日、生活費だといって現金を渡されて驚いた。食費に光熱費に雑費、全部含めても宗哉一人にしては多すぎる額で、『受け取れ』『いらない』の押しつけ合いの末に半分だけ受け取ったばかりだ。

「いろいろ手伝ってもらって、おかげで仕事が捗って助かる。こっちが代金を払わなきゃいけないくらいなのに」

「水くさいぞ。夫婦だろう」

「だから、それは保留。ていうか、そこまで頼るのに慣れたら、宗哉がいなくなったあと困る」

「なんで俺がいなくなるんだ?」

「だって、宗哉は組の跡取りだし……そのうち家に帰るだろ」

「それとこれは別問題。俺はずっとそばにいておまえを助ける。いくらでも頼れ」

「ずっとなんて、無理」

「どうして無理だと思う」

宗哉が、理解できないといった表情でズイと顔を寄せてくる。

「子供じゃないんだから。仕事の都合とかやらなきゃいけないこととか、あるでしょう」

「俺は普通の社会人と違う。自由人だ」

「……だからこそ、三人で暮らすなんていつまでも続かない」

「なぜだ？」

「出会いと別れは、セットだから」

純平が乗り移ったかと思うような『なんで？　どうして？』の質問攻めで、答えに戸惑ってしまう。

近距離でじっと見つめられて、メイクの痕跡《こんせき》に気づかれやしないかと、祐希は眼鏡をずらして俯いた。

「めんどくせえことばっか考えてるんだな」

宗哉は、眼鏡に指をかけてスイと抜き取る。視界がぼやけて、夢の中にでも落ちたみたいに感覚が宗哉の体温を探した。

「それなら、俺がいないと生きていけないくらい、もっといろいろしてやる」

宗哉が、耳元に唇を寄せて囁く。吐息が首筋に吹きかかって、体の芯がザワリとさざめいた。

宗哉に馴染《なじ》んだ肌が敏感に反応して、早くも彼を求めはじめているのを感じる。

「いい匂いがする。女客の移り香か？」

それは、ない。店はメンズオンリーで、男客ばかりだから。

「ホ、ホストクラブとかじゃないよ。ホステスさんのフレグランスが移ったのかも」

祐希は香水系はつけないけれど、パウダールームは化粧品とフレグランスの残り香がひしめく。店内でもホステス仲間の華やかな香りがそこかしこに漂っているから、五時間もいれば匂いが移るのだろう。

「仕事中にホステスとイチャイチャしてるのか」

「してない。マ、ママが誰にでも抱きつくクセがあって、だからママのコロンかも」

「若い美人か？　それとも熟女？」

クランベリーの登紀子ママは、いかついオカマである。熟女かと問われれば、まあ年齢的にそうだけれど。

宗哉のキスが、祐希の唇をついばむ。抱く腕が背中に回された。

「だめだよ、純平が起きる」

「祐希が声を我慢すれば、大丈夫」

シャツの裾がめくり上げられて、脇腹を撫でられる。胸の先をつままれて、閉じようとする唇から喘ぐ呼気がこぼれた。

「できない……と思う」

「なにごとも練習あるのみ」

乳首を指でこすられると、下腹が連動してヒクリと震えた。

「あ、明日はお祭りだし」

「なんの関係があるんだ」

宗哉は、祐希の唇を強く吸って言葉を塞《ふさ》ぐ。

抱擁する腕の中で、拒否のない半身がゆっくり押し倒されていく。官能を待ちわびる胸が、甘い鼓動を鳴らした。

「きんぎょすくいしたーい。カメほしいー」

純平が、ねこじゃらしで金魚すくいのジェスチャーをしてはしゃぐ。それを追いかけてにゃーたんがぴょんぴょん跳ね回る。

「あと、わなげー」

お祭りがどういうものか、どんな店が出るのか、保育園で情報をいろいろ仕入れてきたらしい。

「金魚と亀はちょっと……あきらめて」

水棲《すいせい》生物の飼育は手がかかる。そのうえにゃーたんがいるのに、捕って食べたりしたら大変なのである。

「さ、そろそろ出かけるよ」

「はーいっ。にゃーたん、いいこにしててね」

純平はにゃーたんを抱っこして、いつものようにほっぺたをスリスリさせる。すっかり習慣になった、お出かけ前の「いってきます」だ。

アパートの階段を下りると、方向も確かめず駆け出していく。それを慌てて捕まえて、宗哉との間に挟んで両側から手をつなぐ。

「どこいくつもり」

「おまつり！」

「会場はあっちだよ」

「逆方向に走ってったら、また迷子になるぞ」

言われて、純平はテヘと笑った。しかしお祭り気分はすでにＭＡＸで、いそいそと逸《はや》る足が競歩状態。

ここに越してくる前に近所の盆踊りに連れていったことはあるが、まだ二歳だったのでなにも覚えていない。純平にとって、初の祭り見物なのだ。

道行く家族連れや若者が風船やおもちゃを手に楽しそうに歩き、耳を澄ますとカラオケ大会の音楽が風に乗って流れてくる。

この祭りは、神社の祭礼に併せて行う地域活性化の一大イベント。参道から続く道路を車両通行止めにして、神社と併設する広場公園まで屋台がズラリと並んで賑《にぎ》やかだ。

町会主催のテントでは焼きそばと豚汁を売っていて、中から江原さんが親しげに手を振ってきた。買い物途中で立ち話して以来、道端で出会うと声をかけてくれる気さくな町会長さんである。

「じゅんぺもあれ、たべたい」

純平が指差したのは、中学生くらいの女の子が齧《かじ》っているりんご飴《あめ》。

「大きくて食べきれないでしょ」

「じゃあ、あれ」

「あんず飴？　う〜ん、飴とチョコレートはまだ控えさせたいんだけど」

祐希は言いながらも、さり気なく純平の手を引っ張って店を通りすぎる。

「祭りの時くらい、買ってやってもいいじゃないか」

「虫歯ができたら歯医者に連れていくのが大変だよ。この間の歯科検診の時なんか器具を見ただけで怖がっちゃって、口を開けさせるのに苦労したんだから」

「帰ったらすぐ歯磨きすれば大丈夫だ」

話す間にもまた一軒、あんず飴の店がある。

宗哉に味方されて、純平が期待の目をキラキラさせて祐希の手を引っ張った。

「ねえねえ」

「いいだろ」

二人でかかられたら、絶対ダメとは押し切れない祐希である。

「そうだね。十二月には四歳になるし、お祭りだし」

「やったあ！」

「ひとつください」

などとその気になったものの、すぐに買ってやったことを後悔した。

まだじょうずに食べられなくて、水飴とヨダレで口の周りがベタベタ。しまいには手にも垂れて、袖口《そでぐち》と胸元までガビガビ。用意してきたウエットティッシュを大量に使って拭《ふ》いてやったけど、手をつなぐとベタつきが残っていて、すぐにも風呂《ふろ》に入れたくなってしまった。

「あれなに？」

今度は、割り箸《ばし》に刺さった茶色にカラフルな粒々を振りかけた物体をめずらしそうに指差す。

「チョコバナナだ」

祐希は胸の中で、チッと舌打ちした。お祭りは楽しいが、幼児には厄介な食べ物も多すぎる。

「バナナ、たべたい」

「あんず飴食べたばかりでしょ。甘いのの次にまた甘いのはだめだよ」

やんわり言ったけれど、チョコレートでがっつりコーティングしたバナナ丸々一本なんてとんでもない。あんな食べにくそうなもの、顔面チョコまみれになるに決まってる。ウエットティッシュは残り少ないし、服についたら洗濯が大変だし、なんとしても買わずにすませようと思う。

「あとでフランクでも食え」

祐希の胸の内を汲《く》んだ宗哉が、チョコバナナから気を逸《そ》らさせる。

純平は、大きく頷《うなず》いた。

「ふらんく！　たべる」

フランクがどういうものか知らないのだが、初めてのお祭りで見るもの全部がめずらしくて調子に乗りまくりだ。

賑わいの中をしばらく歩いていると、いかにも縁日といったおもちゃの屋台で、六十歳くらいの男がブウブウ文句を言いながら呼び込みしていた。

「おいおい、チラッとも見ねえのかよ。おい、そこの兄ちゃん、ガキにおもちゃぐれえ買ってやれよ」

ちょうど前を通りかかった祐希に言っているらしい。あまりにもガラが悪くて、ドキリとして振り返ってしまう。

目つき悪くこちらを見る男の視線が、祐希から隣に立つ宗哉に移って、ハッと大きく見開いた。

「あっ、宗哉さん」

「なんだ？　ガキってのはうちの坊ちゃんのことか？」

宗哉が、男をひと睨《にら》みしてからフッと笑った。

「いえ、こりゃもう、すんません。お連れさんに失礼を」

男はバツ悪そうに頭を下げ、祐希にもペコペコしてあやまる。

顔見知りのようだが、男はどう見ても宗哉より倍は年上だ。彼らの関係がわからず、祐希は戸惑《とまど》って宗哉と男を見比べた。

「坊ちゃん、おもちゃをあげよう」

さっきとは打って変わって目尻《めじり》を下げ、台に並んだおもちゃの中からプラスチックの忍者刀を選んで純平に持たせようとする。

純平が『もらっていいの？』といった顔で祐希を見上げる。祐希は訝《いぶか》しみながら隣の宗哉を見上げた。

「もらっておけ」

言われて、純平は喜んで刀を受け取った。

「チャンバラやったことあるかい？」

チャンバラってなんだろう？　純平は不思議そうに首を横に振る。そんなレトロな言葉じたい聞いたこともないのである。

男が短い刀を手に取り、純平の忍者刀にコツンコツンと当てた。

「こうやって遊ぶんだ。チャンチャンバラバラチャンバララ」

なんだか、昭和前期を描《えが》いたドラマでも見ているようだ。怖い人かと思ったけれど、実はそうでもないらしい。

「景気が悪そうだな」

「駄玩具はもうだめですねえ。子供にはウケませんや」

「でも客に八つ当たりするなよ」

「は、どうもすいません。ついイラついちまって」

男は宗哉に向かってまた頭を下げる。宗哉はその肩を励ますようにしてポンと叩《たた》き、純平の手を引いた。

屋台を離れると、祐希はチラリと後ろを振り返る。仕事に戻った男は、今度は愛想よく客に声をかけていた。

「知り合い？」

「うちの組員」

「ああ」

そうか、と納得した。宗哉は宇梶組の跡目。倍以上も年上のあの男より、上の立場の人間なのだった。

少し先に進んだところで、宗哉が金魚すくいの店に顔を出す。煙草《たばこ》をふかしながら客の相手をしていた男が、慌てて吸いかけの煙草を揉《も》み消した。

「禁煙の時代に人混みでふかしてんじゃねえよ」

宗哉が言うと、男はペシと自分の後ろ頭をはたいて笑う。

「すんません。ついひと息」

「調子はどうだ？」

「上々ですよ。祭りといやあ金魚すくい。定番ですからね」

この男も、宇梶組の人らしい。白髪まじりの六十代後半くらいだ。

「ちっと遊ばせてもらえるかな。金魚はいらねえんだが」

宗哉が、純平を前に押し出す。

「へいへい、よござんすよ。お代は特別料金でタダ。ほい、ボク」

リズムをつけて朗らかに言うと、男は紙を張ったポイを純平に差し出した。

受け取った純平の口が大きく開いて、両の口の端っこがパアアッと引き上がった。

さっそくポイを水に入れ、赤い出目金を狙《ねら》う。しかしスイスイと逃げてしまって、なかなかすくえない。

やみくもに追いかけるばかりで破けてしまうと、すぐ次のポイが差し出される。また破けると、もう一個。

宗哉に手助けされながらやっと一匹すくって、純平は得意げに歓声を上げた。

「すごい！　すごーい！　みた？　ゆうパパ」

「見てた、見てた。じょうずだったね」

なんと十個も無駄にして申し訳ないかぎりだが、せめて一回分の料金を払うと言っても、身内から金はとらねえよと、男は笑って手を振る。

捕まえた金魚を持ち帰らないのは残念そうだったけれど、念願の金魚すくいを思う存分楽しんで純平は大満足だ。

そこから参道に向かって歩いていくと、途中で「お、宗哉さん」と声をかけられ、焼きそばをご馳走《ちそう》になった。さらに先へと進む間にも宇梶組の屋台がいくつもあり、純平の手に次々もらったお祭りおもちゃが増えていった。

「誕生日とクリスマスが一度にきたみたいだね」

「プレゼント、いっぱい」

初めてのお祭りを堪能《たんのう》する純平は、ご機嫌で水笛をピュルピュル鳴らす。

頭に戦隊ヒーローのお面。首からぶら下げた鳥の水笛。右手には忍者刀と、左手には引き金を引くとライトが点滅するピストル。祐希のトートバッグにも、カステラと昔懐かしい小物駄玩具が入っているのである。

「おや、宗哉さん。祐希さん」

今度は、鳥居の手前で綿あめを売っている若頭の源田に呼びとめられた。

「どうも、こんにちは」

いちおう面識があるので、祐希も進んで挨拶《あいさつ》する。

「まだ帰らないのかって、七於《なお》さん怒ってますよ」

宗哉が転がり込んだ雨の晩の、兄弟げんかしたという弟の名前だ。

「いいから放っとけ。俺がいなくても困らないだろ」

「まあ、なんとかなってますがね」

源田が、ジロリとすがめた目を祐希と純平に向ける。

宗哉を帰せと言われているような気がして、心臓がギクリと跳ねた。しかし、源田の目はただの老眼で、深い意味はなかったらしい。

「ずいぶんもらったなあ。じゅんぺーちゃん、綿あめ食べるかい？」

源田はシワだらけの強面《こわもて》をくしゃりと崩す。

お祭りが初めてな純平は、綿あめも初めてなのだ。目を真ん丸くして返事の声を張り上げた。

「わたーめん、たべる!」

「よしよし。待ってな、特大で作ってやるからな」

機械にザラメを入れると、薄ピンクの糸が発生してフワと広がった。源田はそれを棒で器用に巻き取っていく。

「すみません。ありがとうございます」

歩く先々でもらいっぱなしで、金額を考えると気が引けてしまうくらいだ。

「宇梶組の稼業って、露天商?」

生業《なりわい》が気になって訊《き》いてみた。

「他にもいろいろやってはいる」

「いろいろ?」

「会社みたいなもんもやってますよ。飲み屋もね。若手がいつかないんで、回してくのがなかなかどうもあれだが」

祐希は小さく首を傾《かし》げた。知らない世界のことだけど、ヤクザといえば怖いおにいさんが闊歩《かっぽ》するイメージだ。若手がいつかないとはどうしてだろうかと、不思議に思う。

「うちは侠気《きょうき》を貫く古いヤクザだが、稼ぎが地道で分配率が他より低い。最近の若者は派手に稼げるほうに流れていくんだ」

「派手に稼げるってえのは、極道を踏みにじるロクでもねえシノギ。広域に散らばって悪さするのは、極道どころか外道だ。楽して稼ぎたいやつなんざ、こっちから願い下げってなもんで」

「今や宇梶組は平均年齢六十五くらいかな」

宗哉は、言ってカラカラと笑う。

「笑っちゃいるが、深刻な問題……ぶ……ぶえっくしょいっ」

言ってる途中で源田がくしゃみした。と、口から前歯がひょこっと飛び出して、祐希はギョッと目を見開いてしまった。

「おっろ、いけれえ」

掌《てのひら》でポンと口元を叩くと、スポッと引っ込む。……総入れ歯だ。

平均年齢六十五歳というのは、あながち冗談とも言えない事実なのだろう。

ここまで十人ほどの宇梶組の屋台から声をかけられたのだが、普通の会社員ならとっくに定年退職しているであろうと思えるお年寄りばかりだった。

ヤクザというのは、はみ出し者の集まり。そんな者たちに独自の規律を課し、面倒みるのが組長の役目である。宇梶組は七代前からこの地に根を下ろし、住民との持ちつ持たれつの信頼関係を重んじて町の治安を守ってきた。だからこそ、ヤクザに厳しい社会になっても住民と肩を並べ、ふつうに暮らしていられる。

しかし、犯罪に走ってでも無軌道に生きたい若者が増えていて、そんな連中は古臭い極道の規律を鬱陶《うっとう》しがって宇梶組を去っていくのだと、源田は嘆いているのだ。

「でも、宇梶組の皆さん現役で働いててすごいです」

「俺ぁ、七十八になりますがね、まだまだ頑張らんと」

源田はできたての特大綿あめを袋に押し込み、輪ゴムをクルクルと回して口をとめ、純平に渡す。

「はいよ。甘いぞぉ」

「ありがとお」

「公園のほうで恭介が輪投げやってますよ。遊んでくといい」

「やったあ」

保育園で聞いて輪投げを楽しみにしていた純平が、飛び上がって喜んだ。

境内には屋台は入っておらず、祭り見物がてら参拝する人々の休息の場となり、出店の並ぶ通りと違った厳かな賑わいを見せる。

さっそく綿あめをパクついてまたベトベトになった純平の手と顔を手水で洗い、鈴を鳴らしてお参りもする。仕切りを抜けて広場公園に出ると、所狭しと並んだ屋台がうねうねと道を作っていた。

そのずっと先に紅白の垂れ幕で飾られたイベントステージがあり、カラオケ大会は大盛況。恭介の輪投げ屋はどこかなとブラブラ探して歩いていると、屋台に挟まれた道の真ん中で睨み合う数人の男たちがいた。

目を逸らして通り過ぎる人もいれば、遠巻きに見守る野次馬もいる。その中心で人目も憚《はばか》らず喚《わめ》くのは、二十代くらいのガラの悪い三人。対するは、年季の入った渋い凄《すご》みをきかす二人——はっきり言って、お年寄りだ。

「宗哉さん」

野次馬をかき分け、源田の孫、恭介が興奮した顔で駆け寄ってきた。

「ちょうどいいところに」

「どうした、ケンカか？」

「相馬組の若い衆が絡んできやがったんすよ」

恭介は勢いがとまらないようすで、バタバタと足踏みする。

「また相馬か。ったく、躾《しつけ》のなってねえやつらだ」

「とめようとしたけど、どうにも治まりがつかなくて」

「原因は」

「やつら、態度が気に入らねえとかって客に因縁つけて脅してたんで、うちの高《たか》さんと吉《よし》さんが注意したんす」

相馬組の三人の後ろに焼きそば屋とタコ焼き屋。そのうちの一人は千切れた焼きそばの張りついたトングを振り回して怒鳴っている。宇梶組の後ろは唐揚げ屋とポテト屋。仲の悪い組の店が向かい合ってしまって、因縁つけから発展してケンカが勃発《ぼっぱつ》したのだろう。

「てめえら、祭りに水差すようなことしてんじゃねえよ」

宗哉がズイと踏み出して仲裁に入る。

すると待っていたかのように、三人に輪をかけてガラの悪い二人の男が肩を怒らせ、屋台の間から出てきた。

「よう、宇梶」

「出たな。バカ兄弟」

宗哉が、ウンザリしたようすで言い放つ。

不穏な空気に気圧《けお》されて、祐希は純平を抱き上げながら恭介に解説を求めた。

「あの……、バカ兄弟って？」

「あれが、相馬の長男と次男っす」

江原たちとの立ち話で聞いた、ちょくちょくシマ荒らしにきているとかいう相馬組だ。

「親父《おやじ》が服役中なんで今は兄貴の雄一《ゆういち》が組長代理やってるんすがね」

恭介が、ずんぐりした男のほうを指差して教える。

整髪料で固めた短髪で、趣味の悪い派手な開襟シャツ。高級そうだけれど似合ってないスーツに金ぴかの腕時計。同じ組長の長男でも、ジーンズにカットソーというナチュラルスタイルの宗哉と比べると、雄一は典型的なヤクザといったふうないでたちだ。

「宗哉さんとは中学時代の同級生で、昔からなにかってえとライバル意識燃やして因縁つけてきてたとか。宗哉さんに勝てるわけねえのに。なんつっても格が違う」

祐希は、内心で頷いた。

恭介の言うとおり。宗哉に対峙《たいじ》する雄一は、顔に表れる知性も存在感も、容姿においても格段に見劣りする。

「弟の光二《こうじ》のほうは、七於さんと同級生だったんすよ。これがまた身のほど知らずにも七於さんに懸想してやがって」

「えっ、懸想？」

それはちょっと、いや、かなり驚いた。

「釣り合わねっすよね。たく、てめえのブサイクなツラ見ろってんだ」

ひょろりとした痩《や》せ型の光二は、長髪のホストっぽい軟派な雰囲気。のっぺりした顔で、少しナルシストが入ってそうな男である。

「隣町の相馬とは微妙にシマがかぶってて、ここいら全部横取りしようと嫌がらせばっかしかけてくるんす。兄貴が組長代理になってからやり口がえげつなくなって、迷惑このうえないったら」

宇梶兄弟と相馬兄弟は、それぞれ中学時代の同級生。昔から縄張りを巡って争っていただけじゃなく、個人的、感情的な因縁があった。組をまとめていかなければいけない立場なのに、それは確かに、バカかもしれない。

「祭りの主役は俺らじゃねえ。引けよ」

「売られたケンカは買わねえと、ヤクザがすたるってもんだろ」

「誰《だれ》が売ってんだ。若いもんの教育くらいきっちりやっとけ」

「そっちこそ、役にたたねえ年寄りはさっさと老人ホームに入れちまえ。おっと、宇梶組から年寄りがいなくなったら、組員ゼロになっちまうな」

「ヤクザやめて宇梶老人ホームに改名すりゃあいい」

光二と若い衆が調子を合わせ、ゲラゲラ笑う。

「くっそ、バカにしやがって。やっちまいましょう、宗哉さん」

宇梶組の唯一の若者である恭介が、血気盛んに歯嚙《はが》みして前に出た。

「ガキが言いやがる。役にたたねえひよっこは幼稚園で遊んでろ。頭数揃《そろ》えても、じじいとガキばっかじゃ、しょせん五対一だぜ？」

雄一が薄ら笑いを浮かべ、宇梶組の二人から恭介に視線を移し、興味深げな目を祐希にとめた。

今にも危害を加えられそうな、不躾《ぶしつけ》で胡乱《うろん》な表情にゾッとして、祐希は思わず純平を抱きしめた。

純平は状況を理解できないながらも、相手が悪者だと察しているらしい。手にした忍者刀をギュッと握り、緊張した面持ちで宗哉の後ろ姿を見守っている。

男たちが焦れたようすで踏み出し、一人が恭介に向かってトングを振り上げた。

それを宗哉が素早く奪い取り、トングの先でスコンッと鮮やかな一撃を頭のてっぺんにお見舞いする。焼きそばクズが飛び散って、男の髪の毛にバラバラとくっついた。

羽交い絞めにしようと背後から襲いかかられて、ひょいと避けると、今度は横から殴りかかる男の拳《こぶし》を払って腹に膝《ひざ》蹴《げ》りを打ち込む。

恭介も宇梶の年寄りも出番がないほど、俊敏で電光石火な動きだった。

「いいぞ、やっちまえ！」

「さすが、宇梶の上の若！」

遠巻きの人だかりから声援が飛ぶ。宇梶組を信頼する町のみなさんだ。宗哉を応援する声に安心したのか、純平も一緒になって「やっちゃえ」と忍者刀を振り回す。

「だめだよ、純平。そんな乱暴なこと言っちゃ」

こんな殺伐《さつばつ》としたケンカを子供に見せちゃいけない。早くここから立ち去らなければと思う。けれど、足が動かない。

見慣れた宗哉は、ヤクザだということを意識させない男だった。からきしだと言っていた料理も覚えて作ってくれて、まるで家族に貢献しようと頑張る大型犬のような気さえしていた。それが、この宗哉はさながら猛犬。初めて見せられた彼の姿に愕然《がくぜん》としてしまって、逆に目が離せない。

「どうした、バカ兄弟。しょせん五対一なんだろ。かかってこいよ」

宗哉は、口ばかりで動こうとしない相馬兄弟に挑発を投げかける。

「この……っ」

雄一が拳を握り、宗哉に向かって突進した。

宗哉はまたもひょいとかわすと、よろけながら向きなおる雄一の首をトングで挟んでねじ上げた。屈辱的な格好というか、耳の下のリンパ腺《せん》が押さえつけられて痛そうだ。

雄一は必死にトングを外そうともがいて、目を白黒させる。

「引け」

宗哉は、雄一の胸倉をつかんで低く言う。ドスの効いた凄みのある調子で、これもまた初めて聞かされたヤクザ然とした声。

トングが緩むと、憮然《ぶぜん》とする雄一が屋台の裏に逃げ込んでいき、オロオロする光二もあとを追って引っ込む。

「てめえら仕事しろぉ」

屋台の裏から、負け惜しみとも八つ当たりともとれる指示が若い衆に飛んだ。三人とも宗哉にのされてうずくまったままである。

「返すぜ。よ～く洗って使えよ」

宗哉がトングを投げ渡す。

「申し訳なかったな、みなさん。祭りの続きを楽しんでくれ」

両手を広げて周囲を見渡して言うと、人だかりから喝采《かっさい》が湧《わ》き起こった。

「そうや、つよい。かっこいいっ」

純平も手を叩いて称賛するけど、戸惑う祐希は動けないまま。

さっきまで、場は恐れと不快感に包まれていた。割って入った宗哉が圧倒的な強さで勝負を決めると、一転して安堵《あんど》と活気が広がった。

ヤクザが治安も守るというのは、敵対する相手の暴力に暴力で返すということ。宗哉にとってそれは日常であり、たぶん、彼のほとんどを占めているものなのだと思う。そしてきっと、純平と三人の平穏でささやかな暮らしは、宗哉のほんの一部。

彼には帰るべき家があり、待つ家族がいて、組員や町の多くの人に頼られ必要とされている。そんな宗哉は知らない。自分は、宗哉の一面しか知らない。

「さて、恭介のとこで輪投げするか」

祐希のもとに戻った宗哉が、祐希の腕から純平を抱きとる。

見慣れた宗哉。一緒に家族を作ろうと言っていた、いつもの宗哉だ。

だけど、その背中が遠く感じられて、胸が苦しくなる。

感情が、なぜだか沈む……。

「ユキちゃん、サナエちゃん、愛してるよ～」

自称会社重役の二人連れが、ホロ酔いの上機嫌で言う。

「あたしも、スーさんツーさん好き～」

ホステス仲間のサナエが投げキッスを送ると。

「またきてね～」

調子を合わせて祐希も投げキッスのジェスチャーをする。

常連客のお見送りである。通りには賑やかな呼び込みと、店を出る客、入る客が行き交い、十一時を過ぎても喧騒《けんそう》の絶えない夜の歓楽街だ。

「さーて、エロジジイは片づいた。次のテーブルいくわよぉ」

サナエが両腕を力強く回し、ドアを開け店に戻っていく。

あと一時間、頑張ろう。とサナエに続いて店に入ろうとした祐希は、ものすごく見慣れた顔に視界を遮られて思わず飛び退《すさ》った。

宗哉っ？　叫びそうになった口を慌てて閉じる。

「赤いチャイナドレスが似合ってるな。美人だ」

言われて、サッと目を逸らしてそっぽを向く。すると宗哉が素早く視界に入って祐希の前に立つ。

ホステスをやっているとは、明かしてない。店の名前も、場所も教えてはいなかったはず。それがどうしてこんなところにいるのか。しかも、女装を見ても驚かないどころか楽しそうだ。

「ゲイバー・クランベリーか。面白そうな店だな」

いや、でも、もしかしたらバレたわけじゃないかもしれない。たまたま通りかかって興味を引かれただけかもしれない。きっと、そうだ。ロングヘアのカツラだし、厚化粧してるし、声だって聞かせてないからバレてない。そう考えて、思いきり『誰？　こいつ』という顔を作りながら宗哉に背を向けた。

「おーい、ユキちゃん。こら、つれねえぞ祐希」

店に入ろうとドアに手をかけたまま、祐希はガクリと肩を落とした。しっかり、名前までバレていた。最初から最後まで、お見送りを見られていたのだった。

「なんで……こんなとこにいるんだよ」

「うちの事務所がこの近くなんだ」

そういえば、夜のバイトに出ている間に宗哉も組の事務所に出かけていることがよくあった。今夜も、ちょっと顔を見せてくると言っていた。いつもバイトが終わる前に宗哉は先に帰っていたから、どんな事務所なのかどこにあるのか気にもしなかった。それがこの店の近くだったとは、不運な偶然だ。

「ちょうど帰るとこだったんだが、寄ってく」

「え？　店に？」

「託児所も近くだろ。祐希が上がるまで飲んで待つから、一緒に帰ろう」

「や、いいから帰れ。先に帰ってろ」

慌てて断るけど、宗哉はドアを開け祐希の肩を抱いてズンズン入っていく。

「遅いと思ったら、新しいお客引っかけてたの？　やるわね」

カウンターからボトルを受け取っていたサナエが、振り向きざまウインクして見せる。

「いや、これは……客なんかじゃなくて」

「夫婦だ。一緒に暮らしてる」

宗哉はまた平然と言い放ってくれる。

聞きつけたママが、カウンターから飛び出してきた。

「あらあら、祐希のダンナ様？　びっくりだわ」

「違うったら」

否定しようとする祐希を尻目に、ママは重たいつけ睫毛《まつげ》を瞬《しばた》かせた。

「う～ん、見たところそのスジのおにいさんね。それもかなり上のほう」

さすが、あらゆる種類の人間を見てきた眼は確か。宗哉はヤクザで、組の跡目である。

「まあ、そんなとこだな。祐希が世話になってる店だ。今夜は挨拶がわりに大枚落としてってやるぜ」

「すてき、太っ腹なカレね。お席にごあんな～い。ほら、ユキちゃん」

ママに背中を押されて、祐希は渋々ボックス席に宗哉を案内した。

「ユキちゃんのカレですってぇ？」

「んまあ、いいオトコ」

ホステス仲間が指名のテーブルを離れてわらわら見に集まってきて、祐希は憮然としてしまう。

「ご注文は」

「そんな仏頂面で、せっかくの美人がだいなしだぞ」

「よけいなお世話」

「とりあえず、一番いいボトルで」

「ド……ドンペリ？」

ホステス仲間からキャーッと嬌声《きょうせい》が上がった。

まずは、ヴィンテージシャンパンで乾杯してひと騒ぎ。指名のあるホステスがそれぞれテーブルに戻ったあと、祐希の他に三人がはべる形で残った。

「ここのオススメはなんだ？　好きなだけ飲んで食え」

「あたしドンペリおかわり」

「キャビアカナッペのオードブル注文するわね」

「ちょっと、ねえさんたち。ノリすぎ」

気前のいい客でテーブルが華やぐけど、宗哉の懐具合が心配になってしまう祐希だ。

「気にしないで祐希も飲め」

「俺……あ、あたしはあんまり飲まないから」

「ユキちゃんはねえ、一緒に飲んでるフリして客にガンガン飲ませる悪徳ホステスなのよ」

「それが普通でしょ……」

「じゃ、祐希のかわりに俺が飲む。注いでくれ」

「いやあ、ほんと男前ぇ」

「羨ましいわあぁ」

ヤクザなだけあって、夜の店には慣れているようだ。精悍《せいかん》な容姿で金遣いも男前とくれば、モテモテである。

これも、初めて見た宗哉の顔――。

祭りのケンカ以来、滓《おり》のように胸の底に澱《よど》んでいた不可解な感情が、ふつふつと浮いてくる。なぜだか、自分でも説明しようのない苛立《いらだ》ちが募った。

「同棲してるんですって?」

「ただの居候」

「なにそれ～」

祐希は水割りを作り、マドラーで雑にかき回す。

「照れちゃって、かわいい」

「別に照れてない」

「どうしたの、ユキちゃん。なんだかおかんむりね」

古株の環《たまき》ねえさんが、祐希の不機嫌が本気なのを心配して顔を覗《のぞ》き込む。祐希はグラスを乱暴に置き、立ち上がった。

「やってられない」

「え、ユキちゃん?」

「みなさん、楽しんでらして」

言い捨てるようにして席を離れる。後ろから、話題を変えてホステスたちの笑いを誘う宗哉の声が聞こえてきた。

カウンターの隅の椅子《いす》に座ると、自分でも持て余す不可解な感情を、ため息に乗せて吐き出した。

「ナベさん、お水ちょうだい」

バーテンに頼むと、カウンターの向こうで氷をグラスに入れる涼やかな音が響く。

「ごきげんナナメ？　カレに女の子たちがはべってて妬《や》いちゃった？」

ママが隣に腰を下ろし、ミネラルウォーターを祐希の前に置いた。

「そんなんじゃないです」

ひと息に飲み干すと、肩越しに客席を振り返る。宗哉はハイピッチでグラスを空け、ホステスたちと賑やかに談笑していた。

「ノンケだと思ってたのに、ヤクザのイロになってたなんて驚いたわ」

「だから、ただの居候だってば」

「ソルティドッグよろしくぅ」

オーダーを入れるサナエが、ママと祐希の間に割り込んできた。

「どした？　せっかくきてくれたカレほっぽっちゃって。あんないいオトコなのに、なにか不満でもあるの？」

「気に入ったなら、サナエちゃん持ってっていいよ」

　言う不機嫌な声は、すでに地だ。

「冗談。俺の好みは年下の色白美少年。いくら顔がよくても金持ちでも、俺より背の高い年上の男は射程圏外だね」

　祐希につられてつい地が出ているサナエは、ゲイだけどオカマじゃない。女装が趣味でもない。好み外の男の相手をするホステス業は学費と生活費を稼ぐためと、割りきるバイトの苦学生だ。

　学業のかたわら他のバイトもかけもちでアクセク働く彼に触発されて、自分も純平のために割りきって働こうと決めたのがホステスに転向したきっかけ。最初はカウンター内の雑用をちまちまと手伝っていたのだが、他人とのかかわりが苦手な自分を封じ、先輩たちを参考にして作ったユキというキャラになりきって成功したのである。

「はい、ソルティドッグ。サナエちゃん、素になってるよ」

「あ、あらやだ。ほほほ、じゃあね」

　サナエは愛想笑いして、オーダーを届けにテーブルへ戻っていく。指名の客は、また彼の嫌いなエロジジイだ。

「いいなあ、サナエちゃんは。なにごともはっきりしててたくましくて、わけのわからない感情に振り回されたりしないんだろうな」

「あの子の脳は理数系なのよ。あんたは文系。またなにか難しく考えちゃってるの？　昔からの悪いクセね」

「それは……わかってはいるけど」

「彼のこと、好きなんでしょ？　あんなふうに他人に怒ったり文句言ったりする祐希を見たのは初めてだもの。それだけ気を許せる相手ってことよね」

「でも、俺は宗哉のことなにも知らない」

「あ～、自分のこと話さないかわりに彼のことも知ろうとしなかったのね。あんた、いつもそうだわ。それが根こそぎ知られちゃって、気がついたら祐希はまだ彼のなにも知らないままだったってとこ？」

「う……うん」

本人よりも祐希をよく理解しているママの推測は的確だ。

一か月近く一緒に暮らして、育った境遇や純平を育てている事情をほろりと明かし、ホステス姿まで見られてしまった。著書も読まれてる。自分を曝《さら》け出すことが苦手だったのに、宗哉にすべてを知られたも同然。一方的に壁を崩されていくようで、自分だけが荒野の真ん中で裸にひんむかれてる気がするのだ。

「で、スネてるわけ？」

「そうじゃなくて。……そうなの……かな。よくわからない」

「彼のこと、深く知ればいいじゃない。なにをそんなに悩んでるの」

「知ったからって、どうなるんだろう？　宗哉は純平をかわいがってくれて、俺も好きだけど……イロとかそういう深い関係じゃないんだ」

「オトナの関係は、してるんでしょ？」

ママは、祐希の肩を指でトンとつつく。

「し、してる……。でも物理的っていうか、よくある男同士の、体からはじまって体で終わる関係みたいな」

「そりゃ、愛を省いた男同士の体の絆《きずな》ってのはあるけど。あんたたちがその体だけの関係だって言うの？　どうしてそう思うの。あたしが見た感じ、彼は本気よ」

「かも、しれないけど」

「グダグダ考えてないの。素直に自分の気持ちを認めて、恋に飛び込みなさいよ」

「俺、宗哉に恋はしてない……と思う」

「鈍ちん」

「だって、恋ってなに。ああ、もうほんとわからない。恋と好きの違いってなに」

好きだと告白はされたけど、恋愛経験がないものだからピンとこなかった。一緒に新しい家庭を作ろうという宗哉の気持ちも、測れなくて保留にしたまま。こんな中途半端な感情を恋だなんて言えるのだろうかと思う。

「あんた、そんなんでよくエロ小説書けるわね」

「男のオカズ本に繊細な恋愛は必要ないし」

「まあ、そうだわ。でもここを乗り越えたら、めくるめく体験からハーレクインが書けるようになるわよ」

祐希の耳がピクリと反応した。

最初に体の関係に持ち込まれた時の『実体験に勝るものなし』という宗哉の言葉が耳の奥で反響する。同時に、重ねた肌を思い出して、体の芯《しん》が火照《ほて》った。

「仕事のスキルが増えるのは嬉《うれ》しい。でも……だめだ。頭が働かない」

カツラの中が蒸れて、かきむしって投げ捨てたくなってしまう。祐希は混乱しかけて頭を抱えた。

育児放棄した母と、祖母や従兄《いとこ》との死別、冷たかった親戚《しんせき》たち。子供の頃から辛《つら》さや悲しみを感じないように心をガードしてきたせいで、こんなふうに感情のともなう悩みに向き合うのは苦手なのだ。

「恋は頭でするものじゃない。心よ。感性よ」

「めんどくさい……。そもそも他人と深くかかわらなければいいいんだ」

「結局そこに戻って自己完結？　しようのない子ねえ。けど無理。はじまったものは戻らない。先に進むしかないのよ」

「やだ。進まなくていい」

このまま、宗哉と純平と、今のままなにも変わらないでいたい。恋と好きの違いなんかわからなくていい。知らなかった宗哉の一面を次々見せられて戸惑うのは、もう嫌だ。

考えることも悩むことも拒否した祐希は、カウンターに突っ伏した。


「祐希。純平を迎えにいってくる。場所を教えてくれ」

宗哉に揺さぶられて、祐希はカウンターから顔を上げてあたりを見回した。

「え、もうそんな時間？」

オガクズでも詰まってるみたいに頭が鈍い。バーテンのナベさんと目が合うと、よく寝てたねと笑われた。

まだ仕事中だったのに、カウンターに伏せたまま眠りこけていたのだった。

「店を出て左にいった最初の角を右に曲がって、あとはまっすぐ五分くらい歩いたとこの左にあるビル。じゃあ俺、着替えてくるから」

道順を説明し、宗哉が店を出たのを見届けてから託児所に電話を入れる。連絡なしで突然いつもと違う人がいくと、保育士さんが怪しんで引き渡さないからだ。

「ユキちゃん、ちょっと」

カウンターの電話を切って二階に上がろうとしたら、ママに呼びとめられた。

「お初の客なんだけど、指名なのよ。知り合い？」

小声で言われて、ママの示す人差し指の先を窺《うかが》う。

スーツを着た背の高い男と、カジュアルな服装だけど育ちのよさそうな、どちらも高学歴ハイレベルな雰囲気を持つ二人連れが、フロントの前に立っていた。

「知らない。全然覚えのない人たちだ」

「もう上がるからって断っても、十分でいいからってしつこいの」

「なんだろう」

初めて訪れた客で、常連の紹介でもないのに指名なんて今までなかったケースだ。店の前で見かけて気に入ったからと考えるのも、彼らのようすからして不自然。十分でいいなど、不審きわまりない強引さだ。

ここは無視したいところではあるが、理由を確認しておかないと得体が知れなくて気持ち悪い。

「いいわ。十分だけ、お相手する」

祐希は訝しみながらも、キャラを切り替えて背筋を伸ばした。

「わかった。すぐ席を用意するわ。やばそうなやつだったらあたしが対処するから、合図して」

眉《まゆ》を顰《ひそ》めて言うママが案内したのは、カウンターから見通せる席。監視してくれていれば、もしもの事態が起きても大丈夫だろう。

警戒しているのを悟られないよう、祐希は商売用の笑みで二人の男の前に立つ。

「いらっしゃいませ。十分だけご指名ですって?」

二人の視線が、祐希の頭からつま先まで移動する。特に、カジュアルな服装の男の目が値踏みしているようで不快だ。

スーツの男が、軽く会釈して微笑《ほほえ》む。鬢《びん》を後ろに流して整えた髪に、アイロンのきいた白ワイシャツ。落ち着いたトーンの無地ネクタイ。知的な職業を窺わせるダークなコーディネイトである。

カジュアルな服装の男が右手をスウと動かし、正面に座れと慇懃《いんぎん》無礼な態度で示す。祐希よりどう見ても年下。ともすれば学生にも見える線の細い容姿で、中性的なのに切れ長の目だけがやけにきつい。指名したくせに隣に座らせないとは、いったい何様だろうとますます訝しくなる。

祐希が座るとすぐ、ハイボールがふたつ運ばれてきた。

スーツの男が一口だけ口をつけてグラスをもとの位置に置く。カジュアルな男のほうは腕を組み、睨むような目で祐希をねめつけたまま微動だにしない。

このカジュアルな男のほうがなにかいちゃもんでもあるのかと、身構えてしまう。

「それで、あたしになにかご用でも？　十分ですむなら、たいしたことじゃないかしら」

さっさと用件を言って帰れという意味を滲《にじ》ませ、視線を返す。

スーツの男のほうが、洗練された柔らかな動作で名刺を祐希に差し出した。

「どうも、初めまして。わたくし宇梶組の顧問弁護士、綾坂《あやさか》と申します」

祐希は、驚いて二人を見比べた。受け取った名刺には、綾坂慎一郎《しんいちろう》と名前が書かれている。服装や喋《しゃべ》りかたからして、彼が弁護士という職業なのは頷ける。では、こっちのカジュアルな男は――。

「単刀直入に言う。兄と別れてくれ」

「のっけから尖《とが》った言いかたしちゃだめでしょ、ななちゃん」

祐希は驚愕《きょうがく》して目を見開いた。

宇梶組の顧問弁護士と、ななちゃん。ということは、このカジュアルな服装の男は源田との立ち話で何度か聞いた宗哉の弟。どこからどう見てもヤクザには見えないけれど、宇梶家の次男、七於だ。

「あ、あの……どういう……」

驚きすぎて、ホステスキャラのユキが引っ込んだ。いきなり別れろというのもわけがわからないし、彼らがわざわざそんなことを言いにくる理由もわからない。説明を求める口が素に戻ってしどろもどろになってしまう。

「ななちゃんも、まず自己紹介から」

「必要ない」

綾坂の言葉を撥《は》ねつけた七於は、態度に劣らず高圧的で冷たい口調で続ける。

「あなたのことは少し調べさせてもらった」

「失礼だとは思いましたけど、好ましくないスジの関係者だと困るので」

ぶっきらぼうな七於の言葉を補足する綾坂は、弁護士らしく柔和で歯切れのいい喋りかただ。好ましくないというと、敵対する組とか警察関係だろうか。

七於が、厚みのある封筒を祐希の前に投げ置いた。

「これは……？」

「手切れ金」

「は？」

「水商売で子供を育てるのは大変だろうが、兄にタカられるのは迷惑だ」

「タカるって、俺は」

「増額要求には応じない」

七於は先回りしてピシャリと言う。

なにをどこまでどうやって調べたのか知らないが、収入は週二回のクランベリーだけであとは宗哉の財布にタカってると思われているらしい。つまり、金目当て。

なにもかもがいきなりで、ただでさえ返す言葉がみつからないというのに、聞く耳持たない七於には質問も釈明もする隙《すき》がない。

「これで身を引かないなら、それなりの覚悟をしてもらおう」

きれいな顔でサラリと言うその意味は、痛い目見るぞという脅しだ。

「うちは今、重大な局面にある。兄は宇梶の大事な跡目で、婚約者もいる。あなたがウロついてると邪魔なんだ」

「えっ」

脳内に大きな衝撃が走った。

「わかったら、黙って兄の前から消えてくれ。言いたいことはそれだけ。帰るよ、綾坂」

七於は立ち上がると、もう祐希には一瞥《いちべつ》もくれずテーブルをあとにする。フロントで勘定をすませた綾坂が、悠々とした足取りで七於を追って店を出ていった。

十分どころか、一方的に言いたいことを言って席を立つまで五分もかからなかった。取り残された感で、ただ唖然《あぜん》としてしまう。

テーブルには出したばかりのハイボールふたつと、手切れ金。祐希は中身のギッシリ詰まった封筒を手に取ってみた。

きれいな顔をしていても、本質はヤクザ。高圧的な七於の態度を思い出して、遅まきながら怒りがジワジワと湧いてきた。

一万円札が何枚入っているのか、数えたくもない。タカリだの邪魔だの、真偽を確かめもしないで人をなんだと思っているのか。

勝手に決めつけて言いたい放題言われて、ショックでショックで……。

「ん？」

ふと、なににショックを受けているんだ？　と眉間《みけん》にしわが寄る。

怒るのは当たり前だけど、それ以上に残るこの打ちのめされた感覚。

宗哉にホステスバイトがバレてしまってからここまで。あれやこれやと感情が揺れっぱなしで、なにがなんだか頭の整理がつかない。たたみかけられた七於の言葉の中の、いったいなにが胸にひっかかっているのか。不快の糸がいくつも目の前にぶらさがっているようで見失ってしまう。

とりあえず、この忌々しい手切れ金を宗哉に突っ返してやろうかと考えた。しかし、それは相手が違うだろう。家はわかっているのだし、やはり七於に返して誤解の部分を釈明するべきだ。

……でも、ヤクザの家に初訪問して金を突っ返すなんて……。脅されてるし、別れを拒否しているとさらに誤解されたらと想像すると、怖い。

そこは、今はちょっと保留。

七於がきたことだけ宗哉に報告しておいたほうがいいだろうけど、まだ感情が先立っていて頭の中もごちゃごちゃだ。

メイクを落とし、着替えている間も、感情的にならず端的に話せるよう順を追って考えてみる。なかなか整理がつかず、帰りのタクシーの中でもどう切り出したらいいのか迷ってるうちに、話す機がどんどん逃げていく。

「まだ怒ってるのか」

宗哉が、祐希の膝で眠る純平を起こさないように小声で言う。

クランベリーで飲んだことを怒っていて、まだ機嫌がなおらないのだと思っているのである。

祐希は首を横に振ったまま、黙りこくった。

へんに考えすぎて、糸が絡まったみたいでよけい話しづらくなった。こんなふうに必要以上に難しく考えてこじらせてしまうのは、ママの言うとおり、昔からの悪いくせだ。

住宅街の細い道路に入ると、タクシーが急にスピードを落とす。

「ありゃ、火事みたいですね」

「え、どこ？」

座席から乗り出して前方を見ると、夜目でもわかる黒煙が空へと渦巻き、消防車や救急車の赤色灯がいくつも回転していた。

野次馬《やじうま》の人だかり。燃えているのは祐希のアパートだ。

急いでタクシーを降りて、純平を抱いたまま現場に走った。野次馬をかき分けて前に出ると、江原と大家夫婦が祐希に気づいて走り寄ってきた。恭介も、彼らと反対方向から駆けてくる。

「成瀬さん！　宇梶の若！　まだ中にいるのかと思って心配してたんだ」

「宗哉さん！　ドア叩いても出ないから留守だとは思ったけど、もう生きた心地しなかったっすよぉ」

「ああ、よかった。これでうちの住人は全員無事……」

寝間着姿の大家の奥さんが、ヘタヘタと地面にヘタり込んだ。

火元は敷地の隅にある自転車置き場のようで、炎は自転車を黒焦げにして薙《な》ぎ倒し、木造アパートの外壁へと見る間に燃え広がっていく。到着したばかりの消防隊は、放水をはじめようと慌ただしく準備に追われていた。

「にゃーたんっ」

寝起きでやっと異常な事態を知った純平が、二階を指差して叫んだ。

「にゃーたんもえちゃう！」

ふっくらした頬《ほお》に大粒の涙がボロボロ流れる。全身をよじって暴れる純平は、祐希の腕から転がり落ちるようにして下り、アパートに向かって駆け出した。

「純平、だめっ」

慌てて追いかけて、宗哉が捕まえて抱き上げた。

「にゃーたんっ、にゃーたん」

純平は壊れたように泣き叫ぶ。

なんとかしてやりたい。弟みたいにかわいがってるにゃーたんを助けたい。

純平が大切なものを失ってしまう。まだ幼いのに永遠の別れを知ってしまうのかと思うと、身を切られるより辛い。

今なら外階段まで炎は届いてないし、火元の反対側に位置する部屋は無事だ。

祐希はフラリと足を踏み出した。けれど、「危ないから戻ってください」と消防隊員に力ずくで押し戻されてしまった。

「祐希」

宗哉に呼ばれて、自失していた祐希はハッと我に返った。と、押しつけるようにして腕に純平を渡された。

「恭介。祐希と純平についてろ」

「は？　はいっ」

「え、宗哉？　どこへ」

訊《たず》ねる間もなく、踵《きびす》を返した宗哉は人だかりの向こうに消えていった。

「まさか……」

今にも消火作業をはじめようという消防隊員が続々と前に立ち、視界が遮られる。その隙間から、外階段を駆け上がっていく宗哉が見えた。

隊員の目をかい潜《くぐ》って現場に入ったのだ。

「あれっ？　今……宗哉さん？」

恭介が声を上げる。

「うわ、飛び込んだのか？　今、宗哉さん見えたっすよね？」

「みえ……た」

恭介に言われるけど、慄然《りつぜん》とする声がかすれてうまく言葉にならない。血の気が引いて倒れそうになる。体と意識が分離して、別の次元にいるようだ。

炎は屋根にまで達し、古い木造アパートを焼きつくそうとますますの猛威を振るう。風に煽《あお》られた黒煙が二階部分を呑《の》み込んで、捜しても宗哉の姿はもうどこにも見えなくなっていた。

「純平くん、大丈夫かい」

追って移動してきた江原が心配して、純平の背中をさする。

純平は、にゃーたんを呼ぶ悲痛な叫びと嗚咽《おえつ》を繰り返す。このまま呼吸がとまってしまうのではないかと思うほどの、かつてない大泣きだ。

「下がってください。下がってくださーい！」

消防隊に、グイグイ後方へ押しやられる。

放水がはじまった。

「ま……待って、まだ……」

あんな大量の水を一気にかけられたら、どうなってしまうのだろう。宗哉がまだ中にいるのに――。

青ざめる祐希は訴えようとした。その目に、隊員の間からまっすぐこちらに向かって歩いてくる長身の姿が映った。

純平が、ピタリと泣きやんだ。

右手に、にゃーたん。左手には、祐希のノートパソコン。顔に少し煤《すす》がついてるけど、火傷《やけど》はないように見える。足取りも、悠々としっかりしている。

「猫ベッドの中で怯《おび》えてた。純平、しっかり抱っこしてやれ」

「にゃあたああぁんっ」

絶叫する純平は、丸くなって毛を逆立てるにゃーたんを抱きとり、ヒックヒックとしゃくり上げた。

「宗哉さん！　ああぁ、言ってくれれば俺が助けに」

「知らないやつがいっても、猫は怖がって出てこねえよ」

「無茶するねえ、若。でもよかった。よかったなあ、純平くん」

「間に合って幸いだった。ほら、祐希」

宗哉が、ノートパソコンを祐希に見せて笑う。

「貴重品までは持ち出せなかったが、商売道具は大事だろ」

頭が熱を放った。怒りに似た感情が暴発したのだと、わかった。

胃の奥がせりあがって苦しい。膝が震えて、唇も震えて声が出ない。通帳やカードは作りなおしがきくし、にゃーたんを助けてくれたことには感謝しかないけど。だけど、パソコンがなんだというのだ。この状況で仕事なんかどうでもいい。幸いだなんてふざけるなと怒鳴りつけてやりたい。

あのまま宗哉が炎に巻かれて戻ってこなかったらと思うと……。

「ばか」

ようやくひと言発すると、体がスウと冷えた。足の先から寒気が這《は》い上ってきて、膝が抜けて崩れてしまいそうになった。

本当に言わなければいけない言葉はこっちなのに、か細い声で消え入ってしまう。

「あ……ありがと……」

「俺がいかなきゃ、おまえが飛び込んでただろ」

肩を抱き寄せられて、今度は胸がジンと熱くなった。

「これはもう、全焼かねぇ」

江原が、勢いの治まらない炎を見上げて気の毒そうに呟《つぶや》く。

「どっちにしても宿無しだな。とりあえず、純平とにゃーたんを落ち着かせてやろう」

涙とハナミズでぐしゃぐしゃの純平はまだ嗚咽がとまらず、火災現場の喧騒で怯えるにゃーたんも爪《つめ》を出して純平にしがみついたままブルブル震えているのだ。

「そうだ、ホテルを」

「ペットOKのホテルなんか近くにないだろ。うちに泊まればいい」

「え、宇梶組に？」

「おお、そうっすね。そいじゃ、ひとっ走り先に帰って、おやっさんと姐《ねえ》さんに報告しときますよ」

「そんないきなり、迷惑じゃ」

「ついでにコンビニいって、キャットフード買ってきてくれ」

「了解っす！」

「や、でも」

遠慮する祐希の言葉も聞かず、恭介は矢のように駆けていく。

「そうやのおうちにおとまり？」

純平が、ぐしゃぐしゃの顔をひょいと上げた。

「ああ、部屋はいっぱいある。猫もＯＫだ」

「よかったねえ、にゃーたん」

安心したのか、やっと笑顔を見せた純平は、にゃーたんの背中にほっぺたをこすりつけた。嗚咽はとまったようだが、ハナミズはまだダラダラだ。そしてそこに、猫毛がポヤポヤ張りつく。

祐希はバッグからタオルを出して、純平の汚れた顔とハナミズにまみれたにゃーたんの背中を拭いてやった。

「いつまでもここにいるのは、純平によくない。さ、いくぞ」

「う……うん。じゃあ、お世話になります」

こんな夜中にいきなり押しかけるのは、迷惑なんじゃないかと思う。でも火事で焼け出されていくアテはなく、ここで火災を眺めているのも純平の情操に悪い。猫連れでホテルを探してもすぐ見つからないだろうことも、宗哉の言うとおりだ。

宇梶家は、アパートから十分ちょっと歩いたところにある。下町風情溢《あふ》れる細い道から少し広い道路に出て、緩い坂を上った先にそれとわかる構えの家が見えた。

背の高い柘植《つげ》の生垣に囲まれていて、受け入れ歓迎の印だろうか。夜中なのに鉄格子の門扉は開かれたまま。玄関は間口が広く、入ると大型の下駄箱があって、並みならぬ大所帯を窺わせる。築何十年だろうという古式ゆかしい造りで、黒光りする柱や床は高級建材を使った重厚な家だ。

「えらい目に遭いましたね」

出迎えた源田が、上がってくれと祐希に手で示す。

最初に通されたのは襖《ふすま》続きの大部屋で、床の間に水墨の掛け軸。宇梶組と書かれた提灯《ちょうちん》が壁にズラリと掛けられているのを見て、ああヤクザの家なんだなと実感した。

「宗哉が戻ったって？　客に茶でも淹《い》れてやれ」

地鳴りのような太い声と、ドスドスと廊下の板を踏む足音が聞こえてきた。

ほどなく現れたのは、角刈り頭で着流し姿の宗哉の父。いかにも組長といった貫禄のある、渋すぎるほど渋い男だ。なんだか昔のヤクザ映画の時代にでもタイムスリップしたようで、宗哉の言っていた『古いヤクザ』とは、こういう意味も含めていたのかとまじまじ見てしまった。

「親父、しばらくうちで世話するぜ」

「あの、急にお邪魔しちゃってすみません」

祐希が頭を下げて挨拶すると、組長は「おう」とだけ答えて純平に目を向ける。

「宗哉の隠し子ってのは、これか」

「えっ？」

いきなりなに言ってるのかと焦る祐希の横で、源田が頷いた。

「へい、祐希さんとじゅんぺーくんです」

「じいちゃん。宗哉さんの隠し子じゃなく、祐希さんの連れ子だろ」

「お？　そうだったか。なんか、祐希さんが生んだ宗哉さんの子供のような気がしちまってたんだが」

「なにボケてんだ。しっかりしてくれよ」

「なんだ、連れ子か。ふん」

ボケすぎだ。というか、隠し子だ連れ子だと言ってる彼らは、祐希が男というところに誰もツッコまない。宗哉が堂々とイロだと言っていたのは、もはや宇梶家では公認になっているのだろうか。自分が彼らにどう思われているのか立ち位置がわからなくて、困惑してしまう。

「俺の子だと思ってくれてかまわねえよ」

宗哉が飄々《ひょうひょう》として言うと、組長は苦い顔で鼻を鳴らす。

「俺はガキは嫌ぇだ」

が、反してその手はポンポンと純平の頭を撫《な》でる。

子供の感性で嫌われていないことを感じ取ったのか、純平が組長を見上げて笑った。

「なるせじゅんぺえ。こんにちは」

組長の目尻がデレリと下がった。

「おう、俺は宗哉の父ちゃんだ。かわいい猫連れてるな」

「にゃーたんていうの」

「にゃーたんか。エサは買ってあるぞ。あとで食わせてやろうな」

「うんっ」

怖いんだか優しいんだかよくつかめない人だが、地域に根差した親分だけあって人情に厚い人柄なのだろう。たとえ自分が悪く思われていようと、純平に優しくしてもらえるのなら安心だ。

「宗哉、お茶にする？　それとも軽く一杯やる？」

細面の女性が入ってきて宗哉に声をかけた。こちらは組長と対照的で、ショートヘアのさり気なくファッショナブルな洋装だ。見た目の年齢とようすからして、宗哉の母だろうと思える。

その後ろに、さっき会ったばかりの七於と綾坂がいた。

祐希は、反射的な反応とも言える動作で頭を下げた。

「先ほどは、どうも……」

七於の眉が寄って、口の片端がヒクリと引きつった。

「あ、そうだ……これ」

さっさと手切れ金を返してしまいたいと思っていた相手である。考えるより先に手が動いて、分厚い封筒を差し出した。

七於が「うっ」と絶句して一歩下がった。すぐ気を取りなおし、封筒を引ったくろうと急いで手を伸ばした。

ところが、寸前で宗哉に奪われた。

「先ほどってのは、どういう意味だ？」

封筒を開いて中を見るなり、宗哉の眉間がじわりと険を刻んだ。

「おまえがなにやらかしたか、想像ついた」

「僕は、兄さんのために」

「カタギ相手にふざけたことしてんじゃねえ！」

「宗哉。ななちゃんは、おまえのためを思って一生懸命なんだ。あんまり怒らないでやってよ」

綾坂が、宗哉をなだめに入る。

「引っ込んでろ、綾坂」

怒る宗哉は、綾坂の胸を突くようにして押し戻す。

「ち、またはじめやがった」

組長が、呆《あき》れ顔で舌打ちした。

「しょうがないわねえ。純平、あっちでお菓子でも食べようか」

「うん。おばちゃん、だあれ？」

「お母さんだよ。歌子《うたこ》っていうの」

「うたのおかあさんっ」

「そう、歌のお母さん。猫ちゃんはなんていう名前？」

「にゃーたん」

「俺は一杯やる」

「はいはい」

組長と歌子は、純平を連れてさっさと出ていってしまった。源田と恭介も、やれやれといった顔であとに続いた。

四人で残されて、祐希は誰もいないところでこっそり返せばよかったと後悔するが、もう遅い。宗哉の怒声が広い和室に鳴り響く。

「宇梶の人間が金でケリつけようなんざ、恥を知れ」

「そんなていどの相手じゃないか。だいたい、兄さんが一か月も帰ってこないから悪いんだろ」

うろたえていた七於が、勝気な表情を取り戻していく。

「や、さっきはどうも」

仲裁に入ろうかどうしようかオロオロする祐希の隣で、綾坂が壁に寄りかかって爽《さわ》やかに笑った。

「いつもの兄弟ゲンカだから、気にしないでね。仲が悪いわけじゃないんだよ」

「でも、すごく険悪ですけど」

「へーきへーき。ななちゃんも、いいかげんブラコン卒業してほしいんだけどなあ」

「ブラコン？　……ですか？」

「俺は宗哉と高校からのつき合いだけど、もうね、ななちゃんは妬けるくらいお兄ちゃん大好きで。ほんと、困る」

そうボヤく綾坂は、七於にひとかたならぬ好意を抱いているらしい。

「宇梶組はちょっと弱体化してて、その対策を巡って意見が対立してるだけなんだ」

という綾坂の説明によると——。

若い者がいつかないと源田が嘆く宇梶組は、弱きを助け強きをくじく、昔ながらの極道精神を守る由緒正しいヤクザ。しかし今の時代、義理人情を重んじる真面目《まじめ》なヤクザは生き残れない。悪辣《あくらつ》な暴力団に勢力負けして組員に充分な報酬を与えられず、組は縮小していくばかり。

そもそも、本来のヤクザとは社会に適応できないはみ出し者が肩を寄せ合って生きる小社会であって、犯罪者集団ではない。

はみ出し者なりに社会の役に立つようひっそり生きていきますという約束のもと、生み育てた両親の了解を得て不肖の息子をもらい受けるのが、宇梶代々組長の方針。ところが昔と違って今は豊富な娯楽が溢れ返る時代。義理人情や良心を捨てれば、その場しのぎの高額な稼ぎがそこかしこに転がっている。ヤクザの威を借りて一般人を震え上がらせたい輩《やから》が増えていく。そんな現代社会では、古臭い宇梶組に忠誠を誓ってまで真っ当な極道を

宇梶組
宇梶組

貫こうという気骨ある若者はいないのである。

今や平均年齢六十五歳。最年少は二十歳《はたち》の恭介だが、次に若いのは四十八歳。そして五十代、六十代と続いていき、幹部に至ってはみな七十代。このままでは宇梶組は自然消滅の一途を辿《たど》る運命。これはなんとかしないといかん。ということで日々頭を悩ませているのであるが――。

昔気質《かたぎ》を受け継ぐ宗哉は『これからのヤクザは頭脳が明暗を分ける。大学出で頭のいい七於が組を牽引《けんいん》していくべきだ』と主張し、七於は『僕には組をまとめていく度胸も行動力もない。跡目は兄さんじゃないとだめだ』と言って譲らず、最近は顔を合わせるとすぐけんかになるのだという。

「でも……それって、兄弟二人で協力していけばいいだけじゃないんですか？」

「まあ、どっちが跡目を継いでもそういうことになるけど。組の看板を背負う長《おさ》の顔は大事だからね」

「顔……ですか」

よくわからないけれど、企業でいえば、会長なり社長なりのトップの存在が社のイメージであり戦略にもつながっていくというようなことだろうか。武闘派の宗哉が組長を継いで、頭脳派の七於が補佐する。逆で、頭脳派の七於が組長になって武闘派の宗哉が補佐する。仲良く協力して盛り立てていくならどっちでも同じじゃないかと、第三者の祐希は首を傾げてしまう。

「兄さんに跡目を継いでもらうためなら、僕はなんでもするからね」

「やっていいことと悪いことがある。頭を冷やせと、俺は言ったんだ」

「先月もこの調子でけんかして、宗哉がぷいと家を出ていった」

お互いを思い合い、組の存続を憂う兄弟ゲンカは終わらず、綾坂はいちいち解説を祐希に入れてくる。

「そのまま長いこと帰らないから、ななちゃんは心配して捜しまくってたんだ。まさか町内にいたとはね」

どこか能天気に笑う綾坂は、先月の兄弟ゲンカの時も居合わせていた。七於に会うため暇さえあれば入り浸っているのだろう。

先月の、あの雨の深夜である。『おまえが考えを改めるまで帰らない』そう言って傘も持たずに家を出た宗哉は、十分ほど歩いた祐希のアパートの前で憐《あわ》れに泣く子猫を拾ってしまった。捨て台詞《ぜりふ》を残してきた手前、すぐに帰るのも体裁が悪い。かといって猫を連れてどこに転がり込めるかと考えあぐねているところで祐希と出会い、気に入ってそのまま居座った。

いっぽう、いつまでも帰らない兄を心配していた七於は、イロのところに転がり込んでいると恭介に聞いて驚いた。どんな相手かと調べてみたところが男で子持ちで、ゲイバーのホステス。ロクなやつじゃない。事務所には顔を出してるくせにこっちに連絡ひとつよこさないのは悪いイロがついたせいだと憤慨して、わざわざクランベリーに出向いて祐希に手切れ金を叩きつけたのだった。

「兄さんにこんな子持ちの男なんて釣り合わない」

「勝手な価値判断で決めつけるな」

「こいつの価値なんてひと目でわかる。兄さんには、頭がよくて気立てがよくて美人な、強い組のお嬢さんと縁を結んで宇梶を立て直してほしいんだよ」

「今どきそんなできた女いねえ」

「本田《ほんだ》組のお嬢さんがいるじゃないか。結納を待ってくれて……っ」

パン！　と鋭い平手打ちの音が響いた。同時に、店で受けたのと似た衝撃が祐希の頭を激しく打った。

「よけいなことばっかしてると、次はグーで殴るぞ」

「おいおい、宗哉。なにも叩かなくても」

七於が頬を押さえてうなだれ、綾坂が間に入って七於をかばう。

「勝手な婚約話は解消してこい。それが片づくまでおまえとは口をきかない。わかったな」

宗哉が七於に強く言いつけるが、その言葉は祐希の耳に入らない。頭の奥でガンガンと雑音が鳴る。『婚約者』『結納』という単語がグルグル巡る。

今やっと、はっきり自覚した。店で聞いた七於の言葉の中で、なにがそんなにショックだったのか。

宗哉に婚約者がいる——。

ゲイバーのホステスがバレて複雑な心境に陥り、七於に会って気持ちが翻弄《ほんろう》され、なにがなんだかグダグダのまま火事で焼け出されて、すっかり埋もれてしまっていた。タカるだの邪魔だの、一方的で侮辱的な言葉すべてがショックではあったけれど、一番の衝撃はそれだった。

婚約者がいると聞いてこんなにもショックなのは、それ以外にない。初めて会った時から宗哉に好意を感じていた。一緒に暮らして何度も体を重ねて、もっと好きになった。

この『好き』は、まぎれもなく恋に分類される『好き』に違いないのだ。

気持ちを認めてしまったら、熱い感情が一気に噴き出す。求める気持ちが抑えられなくなる。保留にしていた関係は、今この時から進んでしまった。だけど、動転と混乱がごちやまぜになって、頭がオーバーヒートしそうだ。

祐希は口の中で呆然《ぼうぜん》と呟いた。

「とりあえず、寝よう……」

この短時間でいろいろな出来事が起こりすぎた。そのうえ、今まで縁のなかった恋という感情を知ってしまって、許容量を超えた脳が疲労困憊《こんぱい》している。とりあえず一晩ぐっすり眠れば、疲れも消えると思う。きっと頭がすっきりして、新たな関係を考えることもできるようになるだろう。

しかし……。

なぜ頑《かたく》なに恋心を認めようとしなかったのか、今まで無意識のうちに求めることをあきらめていたのはなぜなのか。

永遠に続く幸せはないのだという、胸の底に常につきまとっていた恐れ。それが意識の遙《はる》か彼方に追いやられていたことに気づかされるのは、この数日後のことだった。

「出かけてくる」

昼風呂から上がった宗哉は、服を着るなり祐希に言った。

「今朝戻ったばかりなのに？」

「かまってやれなくて悪いが、しばらく忙しい」

「そんなことじゃなくて、……疲れてない？　大丈夫？」

祐希は、宗哉の顔色をじっと見る。いつもどおり、精力的で健康そうではある。

「暇があれば仮眠は取ってる。心配するな」

宗哉が祐希の肩を抱き、額に軽く唇を寄せる。なんだかくすぐったくて、祐希は睫毛を伏せて俯《うつむ》いた。

火事で焼け出された晩、宗哉は明け方近くまで組長たちとなにか話し合っていた。睡眠時間は、たぶん三、四時間。翌日は幹部連中が入れ替わり立替わりやってきて、慌ただしさにまぎれて話もできないまま夕方に出かけていった。翌朝帰ったと思ったら数時間の仮眠を取っただけで昼過ぎに出かけ、その晩も帰らなかった。

そして今朝、また数時間の仮眠のあと風呂に入り、これから出かけるというのだ。

「放火の捜査は、警察に任せておけば……いいんじゃないか？」

「火をつけたやつはそのうち捕まるだろうが、しょせん下っ端。元を断たなきゃバカ兄弟の嫌がらせは続く。いいかげんケリをつけないとな」

アパート火災の出火場所は自転車置き場。それ以前に起きたボヤ騒ぎもあって、同一犯の放火という線で警察が捜査を進めてはいる。相馬組の構成員が夜中に付近をうろついていたという目撃情報があるから、すぐに放火犯は逮捕されるだろう。しかし、宗哉の言うようにそいつはしょせん下っ端。全焼させる気はなかったにしても「ちょっと火ぃつけてこい」くらいの軽々しい命令を受けて動いていたに違いない。服役あとの良待遇を約束されているであろう構成員は組長代理の命令だとは決して言わないし、下っ端が何人逮捕されたところで元凶の相馬兄弟が野放しでは、町の住民が迷惑をこうむる現状は終わらない。

どんな方法でケリをつけるのか祐希には想像つかないが、複雑な因縁の絡む組同士のいざこざを治めることができるのは、警察ではなく当のヤクザ。悪辣な犯行の尻尾《しっぽ》をつかむため、宗哉は組内でも調査行動に長《た》けた数名を率いて奔走しているのである。

「片づいたら思う存分かわいがってやる。それまで、おとなしく仕事してろ。もうすぐ締め切りだろ」

そう言われても、他人の家でくつろげない性分が身についた祐希だ。宗哉を見送ると、やるせないため息をついた。

昭和三十年代のはじめに建て替えたというこの家は、一階が純和風で源田と恭介を含めて八人の組員が住み込む。家族の使う二階は洋風を取り入れたレトロモダンな造りで、ホームバーを設《しつら》えた居間と、風呂、トイレ、フローリングの個室が五部屋。空き部屋があるにもかかわらず、宗哉の強引な希望で祐希と純平は彼の部屋に泊まることになったのだが、一緒に過ごせる時間は今のところほとんどなかった。

宇梶家の人たちは、ゆくゆくの後継ぎ問題を考えると男のイロは困るけど祐希のことは別に嫌ってはいないという、ちょっと困惑気味に関係を見守っているスタンス。それでも宗哉の大切な人という扱いで尊重されて、純平にもいろいろよくしてくれる。七於はもう暴言を浴びせるようなことはないものの、まだ納得しきれず顔を合わせてもすぐ目を逸らすといった微妙な態度だ。

一階に下りようとすると、源田の指示で大きな荷物を運ぶ業者がドヤドヤと階段を上がってきた。

「じゅんぺーちゃんのベッドが届きました。宗哉さんの部屋に入れますんで」

「あ、はい。お願いします」

歌子が選んで注文してくれた、純平の子供用ベッドである。

「じゅんぺえ、トランポリンしよーぜ」

「するっ」

「しゅる～」

子供たちが、業者にくっついて階段を駆け上がろうとする。しょっちゅう羽を伸ばしに帰るという宗哉の妹の、年子の男児と純平だ。

「だ～め。ベッドが壊れちまうだろ。子供は外で遊びなさいよ。ほら、いったいった」

歌子が三人の首根っこを順につかんで、クルッ、クルッ、クルッと向きを変えさせる。

「にわでかくれんぼしよっか」

「みずでっぽうもしたい」

「しゅる～」

年子男児と純平は、玄関に走ると靴を履いて庭に飛び出していった。

上は三歳で、純平と同い年。下の子は二歳でまだお喋りはへただけど、揃って活発な兄弟だ。つい一時間ほど前に会ったばかりなのに、すっかり意気投合して元気に家の中を走り回って遊ぶ。子供の順応性はのびのびしていて、羨ましいくらい素直で柔らかい。

「あ、祐希さ～ん」

ドアを開け放した居間から声をかけてきたのは、宗哉の妹で年子の母親の久美《くみ》。

「にゃーたんにおやつ食べさせていい？」

「あ、どうぞ。かつおぶし、出しますね」

友好関係を結んだ組の跡目と結婚した久美は、二十二歳のバイタリティ溢れる若いお母さんである。その、やんちゃ盛りの年子男児を育てるバイタリティの秘訣《ひけつ》は、月二回の日帰り帰省だという。今日も朝早くにやってきて、にゃーたんを見るなり気に入ってしまって手放さない。子供たちを歌子に任せ、居間のソファでにゃーたんを相手に思う存分羽を伸ばしているのだった。

小皿にペット用かつおぶしを入れて出すと、久美はひとつずつ指でつまんでにゃーたんに食べさせる。

「あたしさ、もうほんと、猫大好き。子供の頃、二匹飼ってたのよ。帰りたくなくなっちゃうな」

にゃーたんと遊ぶ久美は、心底楽しそうに笑うかわいい女性だ。

「ねえ、この子が大きくなって子供産んだら、ちょうだい？」

「や、男の子なんで」

「ん～、じゃあまたどこかで拾ったら教えて。絶対飼うから」

子供みたいに無邪気に言う久美に、気持ちが少し和んだ。

猫の飼いかたを知っていた宗哉。元気な甥《おい》っ子たちを追いかけて世話をする宗哉の姿が目に浮かぶ。この家には、祐希の知ろうとしなかった宗哉の日常が、そこかしこに転がって見えた。

宇梶家の人たちは、他人との間に垣根を持たない。それは、多くのはみ出し者を家族として受け入れ、地域を守ってきた任俠《にんきょう》が、脈々と彼らに受け継がれているからだろう。

今まで知ることのなかったヤクザの暮らしは、一般とは別サイクルで動く別世界。ここは、組長と歌子を中心に回る小社会である。収入源はいくつかあって、働く組員は月給制ではなく分配制だ。それぞれ割り当てられた仕事の稼ぎに応じて分ける。露天商などは夜中になるとその日の売り上げを持ち帰っては、一階の大部屋で飲み食いしながら勘定していたりする。

二階の寝室にまで聞こえてくるジャラジャラとかき回す小銭の音。大声で喋り、笑う男たちの声――。

忙しい宗哉は、今夜も帰らない。隣のベッドでにゃーたんを抱いて眠る純平の健やかな寝息が、非日常の物音にかき消される。宗哉の特注サイズのベッドに一人で横たわっているると、そこはかとない寂しさに胸を侵食されていく。

親戚の家をたらい回しされて、子供の頃からただ黙って気遣うことを覚えた。そのせいもあって、困惑しながらもよくしてくれる彼らの厚意に素直に甘えきれずにいる。自分は彼らの家族になれない。家族にはしてもらえない。どうしてもそんな遠慮が心につきまとう祐希だ。

子供の頃の、身の置きどころのない感覚が戻ってきて、胸が苦しくなる。宗哉のいない空間はぽっかり穴が開いたようで、このまま二度と彼が帰らないんじゃないかと、不安に襲われてしまう。

祐希はベッドから出ると、デスクのライトをつけてじっとノートパソコンを眺めた。眠れないなら仕事をしよう。と思ったのだが、原稿を開くことができずにぼんやり立ちつくす。

締め切りは近いというのに……。宗哉が燃え盛るアパートに飛び込んで救ってくれた商売道具なのに。行き場の見えない感情を持て余して仕事が手につかない。

最新の原稿を読んだ担当者に、新境地を開きましたねと言ってもらえた。本物の官能を覚えてからというもの、エロシーンに限らず登場人物の心理や展開が湧き出るようにして筆が捗《はかど》った。このペースでいけば、もっと仕事が増やせる。他のジャンルも並行して手掛けられそうだと喜んでいた。

今書いているのは一般文芸誌の穴埋めで、話を振られた時にぜひやらせてくれと飛びついた短編だ。締め切り前には余裕で書き上がるはずだった。それなのに、宇梶家にきてからまったく進まない。頭の中にオガクズでも詰まっているようで、思考が鈍って一文字も書けずにいるのだ。

図らずも恋を自覚して、関係が先に進んだと思ったとたん、宙ぶらりんになってとまってしまった。

答え合わせをする前に正解を取り上げられたようで、もどかしい心が焦れていく。もう保留なんて言わないから、純平と三人の暮らしに戻りたい。気持ちの進んだ先になにがあるのか、見せてほしい。

祐希はライトをつけたままベッドに入ると、宗哉の枕《まくら》を抱いて目を閉じた。

「いってくるぜ。近頃ちっと物騒だ。門は閉めておけよ」

「はいよ」

いつも家でどっしり構えている組長の外出である。

どの時間帯でもたいてい誰かしらの男手は残っているのだが、今日は朝からみな出はらっている。迎えの組員と源田を引き連れて組長が出かけたあと、留守番は歌子と祐希と純平、それとにゃーたん、だけになるのだ。

組長が上がり框《かまち》に下りると、その肩口で歌子がカチカチと石を打って送り出す。時代劇によくある古風な習慣だ。夫の外出着はバリバリのスーツで、妻はセンスを感じさせる洋装。ミスマッチなのにしっくりした場景で、祐希は不思議な面持ちでじっと見てしまった。

「切り火だよ。無事に帰るようにって、おまじない」

歌子が、祐希に笑いかける。

「宇梶初代の女房から引き継いでる石なの。あんたも、宗哉にやってみるかい?」

「え、いえ……俺は……」

祐希は、口ごもりながら愛想笑いを返した。

組長を乗せた車が出発すると、歌子は鉄格子の門を閉じて二重のかんぬきをかける。純平と三人でゆっくりおやつでも食べようかねと言って、台所に入っていった。

宗哉との関係を認める発言をしてくれたのに、まともな受け答えができなくて申し訳ない気分になる。

だけど、どんな顔をしたらいいのか戸惑う。素直に厚意を受けたくても、その言葉の裏で実は疎まれてるんじゃないかと身が縮こまってしまう。これまではそんな場面も黙ってやりすごしてきたけど、今はこんな自分が情けない。

祐希は縁側に立って大きく外気を吸い込んだ。

「純平。おやつにしましょうって、歌子お母さんが」

声をかけたところが、庭に姿が見えなくて首を傾げた。

「純平？　じゅんぺーっ」

大声で呼んでも返事がない。

ついさっきまで、にゃーたんにハーネスをつけて遊んでいたはずだった。木登りさせたり、一緒になって鯉《こい》を追いかけて池の周りをぐるぐる走ったり。目を離したのは、ほんの五分ていど。沓脱石《くつぬぎいし》に純平の靴はないから、まだ家に入ってはいないと思う。

「純平、どこにいるの？」

サンダルを履いて庭に下りると、呼びながら植え込みをひとつひとつ覗いてみる。

祐希の感覚からするとすごく広いけれど、捜さないとどこにいるかわからないような豪華庭園でもない。池があって、きれいに刈り込まれた庭木とつつじがあって、いくつかの飛び石が配置された普通の庭だ。

表玄関のほうにでも移動したのだろうかと見回して、ふと裏木戸が細く開いているのに気づいた。近づいてよく見ると、鍵《かぎ》が壊されていて心臓が跳ね上がった。

塀の向こうは近隣住宅の間に通る石畳の路地裏で、普段使っていないこの木戸には小さな南京錠がかけられている。それが、外からバールのようなものでこじ開けられたらしく、木がひび割れて、留め具の外れた錠が地面に落ちているのだ。

まさかと思いたくても、こんな状況では嫌な予感しかしない。純平を捜して路地に飛び出ると、不審な男の後ろ姿が角を曲がっていくのが目に入った。

あとを追って角を曲がると男はまるで誘導するかのように足を緩め、また駆け出していく。その腕には、にゃーたんを抱きしめた純平が抱えられている。口を手で押えられて声を出せないようすだ。

表の通りに出ると黒塗りの車が停まっていて、三人がかりで純平をトランクに押し込もうとしているところだった。

彼らがカタギじゃないのはひと目でわかる。いかにもそのスジの服をだらしなく着こなす、殺伐とした表情の粗暴な男たち。相馬組の構成員である。

「その子を離せ！」

走り寄ると男を突き飛ばして純平を奪い返す。しかし、このまま一緒に逃げてもモタついて逃げきれないだろう。もし刃物で刺されでもしたら元も子もない。

「純平、先に逃げなさい」

純平をかばう祐希の腕がつかまれる。

「ゆうパパは？」

祐希は男の手を振りほどきながら、小さな背中を押した。

「いいから、早く！　にゃーたんが怖がってる。弟を守れ!!」

声を張り上げると、一瞬迷った純平が駆けだした。

「にゃーたんはじゅんぺがまもるっ」

「待て、このガキ」

「そうやよんでくる！」

男の一人が純平を捕まえようと、追って手を伸ばす。

祐希はそれを渾身《こんしん》の力で叩き払い、さらに追いかけようとするもう一人を体当たりで阻止した。どこにそんな力があるのかと我ながら驚くほどの火事場のばか力だった。

何事かと家から出てきた老齢の男性が、純平を保護してくれるのが見えた。

男たちが忌々し気に舌打ちする。

宇梶家のご近所さんだ。純平はもう安心だろう。ホッとしたとたん襟首と両腕をつかまれて、あえなくトランクに閉じ込められてしまった。

狭く真っ暗な中で、ガタゴトと体が振動する。あまりの乗り心地の悪さで、山道でも走っているのかと思ったけれど、ほどなくして車は停まり、トランクが開いた。

純平は、宗哉を呼んでくると言った。危機に瀕《ひん》して助けを呼ぶという思考につながったのは、感動的な成長だ。相馬の手の者だというのは歴然なのだから、ここを見つけ出して助けにきてくれるはず。宗哉は今は家にはいないけど、歌子がすぐにも連絡をつけてくれるに違いない。なにをされるかわからないけど、冷静を心がけて救出を待つのが賢明だと思う。

祐希は男たちを刺激しないよう従って、おとなしくトランクから降りた。

拉致《らち》された現場からせいぜい十五分くらいだったろうか。あたりはさびれた繁華街の外れのようで、連れ込まれたのは小さなビルの一室だ。

ドアには『相馬商事』というプレートがかかっていて、中は薄汚れたワンルーム。デスクも事務用品もなく、置いてあるのはテーブルとカウチソファだけというのは、名ばかりの幽霊会社だからだろう。

相馬の次男、光二が二人の手下を両脇《りょうわき》に立たせ、苛《いら》ついた表情でソファに座っていた。

「すいやせん。ガキには逃げられちまって」

「ああ？」

報告を聞くなり立ち上がって蹴りを入れた。

「クソの役にもたたねえな。イロとガキ揃えて連れてこいと言っただろうが」

祐希は背後の男に肩を押し下げられ、床に跪《ひざまず》かされる。

「まあいい。用があるのはこいつだからな」

光二は長髪をかき上げ、ソファに腰を下ろしてジロリと祐希をねめつけた。

「どうやって七於をたらし込みやがったんだ？」

「は？　七於？」

思わず訊き返した。宗哉のイロだから狙われたのだと思ったのに、なぜ七於の名前が出るのか意味がわからない。

「とぼけてんじゃねーよ。浮いた噂《うわさ》のないやつだから油断してたぜ、ちくしょう」

「なんのことだか」

「こんな青っちろい女みてえなのが好みだったとは、どうりでこのイケメンの俺様になびかねえはずだ」

光二は頭をかきむしり、さらにジロジロ祐希を見てうなる。

「きれいどころ同士が乳繰り合うなんざ、想像しただけで……悪くない……。だがっ、七於を横取りされて、殺しても飽き足りないほどてめえが憎いぜ」

「ちょっと待て。なにか誤解してる」

「言い訳は通用しねんだよ。子連れのイロが堂々と宇梶に出入りしてるって聞いた時の俺の気持ちがわかるか」

「わかりません。わかるわけがない」

七於のイロなんかじゃないのだから。

祐希は呆れて光二の顔を眺めてしまう。どこでどう聞き間違えたんだか。宇梶家で世話になっている祐希を七於の愛人だと思い込んで、この男は嫉妬《しっと》に狂っているのだ。きちんと調べればいいものを、間抜けにもほどがある。

「なんだ、ほんとに七於のイロ拉致ったのか」

ドアが開いて、光二の兄、雄一がずんぐりむっくりの肩を怒らせながら入ってきた。

「どうするつもりだ？」

「痛めつけて、生きたままコンクリ詰めにして海に沈めてやる。山に生き埋めもいいな」

「ちっと落ち着け」

「誤解です。俺は間違いで拉致られたんだ」

宗哉言うところのバカ兄弟だけど、兄のほうが少しはマトモかもしれない。穏便に誤解を解けば、解放されるかも――と期待したが。

「んん？　こいつは……」

雄二は、祐希を見るなり顎《あご》に手を当てた。

「祭りの時、宇梶といたな。面白れえ」

雄一の顔に、凶悪な企《たくら》みの表情が浮かんだ。

「おまえ、宇梶のイロだろ」

「……っ」

答えようとして、祐希は口を噤《つぐ》んだ。

誤解が解けてもよけい悪いほうにいきそうだ。ばか正直に受け答えせず、黙っていたほうがいいかもしれない。

「やつとイチャイチャしてたな」

「祭りのあのケンカの時か。気がつかなかったぜ」

「イチャイチャなんか……」

「女とヤって子供こさえて、今度は男に養ってもらうとはな。ずいぶんとしたたかじゃねえか」

養われてなんかないし、そもそも純平は雅文の子。生活費を渡されたけど受け取ったのは少額で、居候を食べさせてやっていたのはこっちだ。と主張したいけれど、どうせ普通に会話できる相手ではない。

「くっそう！　勘違いさせやがって。ムカつく。今すぐコンクリ詰めにしてやる」

光二は地団駄踏んで悔しがる。

「まあ待て。よく見たら、なかなか好みだ。しばらくここに監禁しておこう。こいつは俺のものにする」

「えっ？」

祐希は思わず声を上げた。

「兄貴のおもちゃか」

光二の地団駄がケロリととまった。

「薬漬けにして犯《や》りまくってやれば、宇梶が気づいた頃にはもう俺から離れられなくなってる。悔しがるやつの顔が目に見えるぜ」

雄一は下卑た笑いを浮かべ、スーツの内ポケットから黒いケースを取り出す。

「楽しませてもらおうじゃないか」

言って、注射器を見せた。

「う……うそ……」

そんなものをポケットに常備しているなんて。この男は僅かな良識さえも存在しない正真正銘の外道ヤクザだ。

「裸にひんむいて押さえろ」

祐希は青ざめた。

コンクリ詰めだの生き埋めだの光二に言われても、即座な現実味はあまり感じられなかった。詰めるにしても埋めるにしてもまず準備があるだろうし、なんだかその前に宗哉の助けが間に合うような気がして落ち着いていられた。

だけど、注射器を目の前に出されたら話は違う。男に抱かれる行為を知った今、自分がなにをされるかリアルに想像ついて、おぞましい以外のなにものでもない。薬漬けで犯りまくりなんて、死んでも嫌だ。

「んじゃ、俺は帰るわ。七於の部屋にしかける超小型隠しカメラ選ぶんだあ」

光二が、クシで髪を撫でつけながら部屋を出ていく。

とんでもない変質者である。七於に教えなきゃ——と思うけど、今は人の心配してる場合じゃない。

命じられた男たちが、服を脱がそうと足を踏み出す。

間近に迫る危機に震え上がって、祐希は男たちの間をすり抜けて逃げ出した。ところがシャツの背をつかまれて、サンダルが脱げて足がもつれて転んでしまった。

相手は五人がかり。とっさにサンダルを握って、やみくもに振り回した。勝ち目はなくても必死だ。

バン、バン、バンと男たちに当たる手応《てごた》えがあって、そのうち指が痺《しび》れてきて手からすっぽ抜けた。

あっと思ったら、勢いよく飛んでったサンダルが奇《く》しくもソファに座って眺める雄一の顔面にヒットした。

「てめ……」

サンダルがボトリと床に落ちる。歯をむき出した雄一が、ソファから立ち上がった。

「やりやがったな」

「ね、狙ったわけじゃ」

わざとじゃない。不幸な偶然だ。しかし雄一にとっては、土足サンダルで顔面を踏みにじられたことだけが真実。

祐希の前にしゃがんだ雄一が、怒号を発しながら手を伸ばす。

「おとなしく、ひんむかれやがれ」

シャツの合わせを握るなり、乱暴に左右に開く。ボタンが弾《はじ》け飛んで、祐希の胸がむき出された。

焦って前を合わせたけれど、その手は男たちに捉《とら》えられる。振りほどこうとして暴れると、雄一の平手が祐希の頬を打った。

「っつ……ぅ」

力の緩んだ体が傾き、乱暴に髪をつかまれた。叩きつけるようにして床に押さえつけられて、伏せた祐希は懸命に身をよじる。脱がされまいと抗《あらが》ううち、引っ張られたシャツの肩口がビリリと裂けた。

「とんだ跳ねっ返りだ。先に天国に送ってやる」

雄一が注射器を見せると、従う男たちが祐希の腕を拘束する。

もうだめだ。人生が終わってしまう。ギュッと唇を噛んであきらめかけた時。

「あにきぃ」

情けない声が聞こえた。と思った次には、今出ていったはずの光二が、祐希たちの目の前に投げ出されてゴロンと転がった。

祐希を拘束する手が離れ、雄一が息を呑んで飛び退った。

「う、宇梶。なんでここが」

「知らないとでも思ったか。てめえらが悪さする時にここを使うのは、調査済みだ」

低く、力強い声。宗哉だ。顔を上げて見ると、宗哉の後ろには恭介と、宇梶組では比較的若い五十代が二人。そして、七於と綾坂。

「七於……許して」

床に転がった光一が、七於に向かってプルプルと手を差し出す。

七於はその肘《ひじ》を、冷静かつ無情に踏んづけた。

「黙れ。おまえに呼ばれると名前が汚れる」

たぶん七於にやられたのだろう。目の下に大きな青タンのできた光一は、意気消沈のようすである。

祐希はボロボロに裂かれたシャツも忘れ、床から半身を起こした。

駆け寄った宗哉は眉間に深いしわを刻み、叩かれて赤味を帯びた祐希の頬を指でなぞる。

ジャケットを脱いで肩に着せかけると、雄一に向きなおった。

「傷モノにしたな」

「ま、まだ犯ってねえ」

「殴っただろう。ただですむと思うなよ」

「くそ……っ」

歯噛みする雄一が、注射器を振りかざして宗哉に襲いかかった。

先手必勝のつもりなのだろうが、軽々とかわした宗哉は注射器を叩き落とし、怒りを体現するかのように靴で粉々に踏み割った。

「てめえら、やれ！」

雄一の号令で、男たちがいっせいに飛びかかってくる。

「へへ、返り討ちでいっ」

恭介たちが活き活きと参戦して、室内が乱闘の場と化した。

血気盛んな恭介はパンチを食らいながらもすぐに体勢を立て直し、宗哉は男たちの繰り出す拳を避けまくり、返り討ちにしていく。出番はないとばかりに眺めていた頭脳派の七於が、乱闘から飛び出て殴りかかろうとしてきた一人の顎に、鮮やかな回し蹴りを決めた。

手下が次々に戦意喪失していくと、宗哉の背後で雄一が刃物を出した。白木の柄で刃渡り三十センチほどの、ドスといわれる侠客《きょうかく》の武器だ。

「死ねえ！」

鬼のような形相で切りかかっていく。

振り返った宗哉が腕でガードしながら避けると、不吉な光を放つ刃がシャツの袖を鋭くかすめ、ジワリと鮮血を滲ませた。

祐希の体が凍りついた。頭の中が真っ白になって、なにかが弾け散った。

「兄さん!!」

七於が叫んだけれど、祐希は血の気が引いて声が出ない。足元が崩れ落ち、代わりに噴き上がってくる恐怖に全身が侵された。

宗哉は素早くドスを奪い取り、柄で雄一の後頭部に熾烈《しれつ》な一撃を放つ。

痛みにうめく雄一は両手で後ろ頭を押さえ、床に突っ伏したまま起き上がろうとしなくなった。あっという間に全員が戦意喪失。負けを認めて反撃をあきらめたのだ。

宗哉に走り寄った七於は、怪我《けが》の具合を確認すると罵詈雑言《ばりぞうごん》を浴びせながら雄一の背中をゲシゲシ蹴りつけた。

「宗哉……」

やっと、唇から声がこぼれる。祐希は震える足で駆け出すと、体当たりするみたいにして宗哉に飛びついた。

「大丈夫だ、たいした傷じゃない」

切り裂かれたシャツの袖に広がる血。触れてみると、命を紡ぐ赤色が祐希の指先をヌラリと染めた。

体が冷えて、震えがとまらない。苦味をまとった棘《とげ》の塊が、胃の奥からせり上がってくるようだ。

なにを浮かれていたのだろう。なぜひと時とはいえ、忘れていられたのだろう。

大切な人は、みんな指の隙間からこぼれるようにしていなくなってしまう。この、心を抉《えぐ》られる恐怖を。

「好き」

囁《ささや》くと、今度は首にしがみついた。宗哉のジャケットが、祐希の肩からバサリと落ちた。

「ああ、俺も好きだ。どうした？」

囁きを返す宗哉の指が、祐希の乱れた髪を梳《す》く。頬に触れる温かな手。官能へと何度も導いた宗哉の体温。

「……愛してる」

そう。これは、好きだの恋だのという感情を超えて、もはや愛だ。

失いたくない。離れたくない。だから——。

「さて、ここから俺の出番だね。では、相馬雄一さん」

綾坂が、床に伏した雄一の前にしゃがむ。

「わたくし、宇梶組の顧問弁護士、綾坂と申します。話し合いに応じていただけますね？」

雄一が、のそりと顔を上げる。その鼻先に、綾坂が名刺を差し出した。

「警察が介入しますと、相馬組にとってはとても厄介なことになります。罪状は多々ありますが、大きなところでは放火。これは先ほど我々が実行犯を確保いたしました。あとは拉致監禁、暴行。子供の誘拐未遂もありますね。他にも遡《さかのぼ》って、証拠のあるケースを合わせただけでも大変長い実刑年数が予想されます。組長が服役中の今、長男様次男様まで実刑では、相馬組存続の危機ですね。そこで、解決策として提案が」

雄一はグウの音も出ず、綾坂の弁は続く。相馬組は、宇梶組の要求をすべて呑むしかないだろう。

「祐希、先に帰ってろ。恭介、頼む」

「はいっ」

祐希はしがみつく腕をほどき、宗哉の顔を見上げた。

「俺は少し遅くなるが、待っててくれ。これが片づいたら、面倒事はすべて終わりだ。また純平と三人のもとの暮らしに戻れるぞ」

　宗哉の言葉が胸に染みる。そうできたらどんなにいいだろう。

「じゃあ……」

　祐希は俯いて、言葉を濁した。苦い棘の塊が、ザクリと喉《のど》を刺した。

　恭介の運転する車で宇梶家に戻ると、純平が飛びついてくる。

「そうや、たすけにきた？　かっこよかった？」

　宗哉に絶大なる信頼を寄せる純平は、目を輝かせ、活躍を聞きたがってまとわりつく。

「うん、かっこよかったよ。すごく……かっこよかった」

「あいつに任せておけば間違いはねえ。あんたはとばっちりで大変だったろうが、おかげでうまくいった。礼を言うぜ」

　剛毅《ごうき》な組長は、惜しげもなく祐希に頭を下げる。

「みんなもよくやってくれたわ。宗哉たちが帰ったら祝杯といきましょう。純平は、ジュースでね」

　本当に、分け隔てなく人情に厚い人たちだ。宗哉の生まれ育った家。家族。祐希は心の中でお別れを言う。

　少ない荷物をまとめると、純平とにゃーたんを連れ、誰にも気づかれないよう宇梶家を出た。

　クランベリーの従業員出入り口から店内に入ると、普段着のママがぼちぼち開店準備をはじめているところだった。

「あら、祐希。今日はバイトの日じゃ……」

　ママの顔を見たら、意識せず涙がこぼれた。切なさが溢れて、あとからあとから頬を伝って落ちた。

「ゆうパパ？」

　手をつないだ純平が、驚いて祐希を見上げる。

「ちょ……ちょっと。あらあらあら。ゆうパパは目にゴミが入っちゃったみたいね」

　慌てて駆け寄ってくると、ママは祐希にハンカチを押しつけてカウンター席に座らせた。

「痛くなくなるまで、純平ちゃんは。そうだ、厨房《ちゅうぼう》でおいしいおやつ作ってもらおうか」

「にゃーたんもいるの」

　リュックを前にかけた純平は、チャックを少し開いて見せる。中からぴょこっと、にゃーたんが顔を出した。

「ま〜。かわいい」

ママは純平を引き受け、奥の厨房へと入っていく。しばらくして、淹れたてコーヒーのサーバーを持って戻った。

カップに注ぐと祐希に勧め、自分にはブランデーをグラスに注いだ。

「で？　なにがあったの」

熱いコーヒーを一口すると、ほんの僅かに気持ちが落ち着く。

「宗哉が……好き」

「知ってるわよ。彼だってわかってるでしょ。それで、当の本人がやっと自覚して。どうしてそんな絶望的な顔してるの」

ママは、祐希のカップにブランデーをひと垂らし落とした。芳醇《ほうじゅん》な香りが立ち昇って、鼻腔《びこう》がくすぐられるとまた涙が目尻に滲んだ。

「宗哉と別れる」

「ええ？　なに支離滅裂なこと」

「忘れてた。出会いと別れはセットだってこと」

ママは息を呑むと大きな口の両端を下げ、指で目頭を押さえた。雅文の死に打ちのめされ、それでも純平のために立ち直ろうとする祐希を支えてくれた唯一の人だ。宗哉との出会いを誰よりも喜び、過去からの昇華を期待していたのだろう。

「幸せはいつまでも続かないんだって思って、自分の気持ちに目を背けてた。いつ別れがきても傷つかないように構えてた。それなのに、好きだって意識したとたんに忘れちゃって……ばかみたいに浮かれて……」

「人を好きになって浮かれるのは当たり前のことよ。世界が変わるの。いいほうに」

「今日、敵対する組のやつに拉致られて……宗哉に助けられた」

「まあ、すてき。ドラマチックじゃない」

「でも、宗哉が刃物で切りつけられて」

「ひ、ひどい怪我なの？　まさか」

ママが身を乗り出し、祐希の手を強く握る。

「腕だけで、命に別状は……」

祐希の手を握るママの指が、ホッとして緩んだ。

「だけど、彼の血を見て目が醒《さ》めたんだ。いつかまた、その日がくる」

「なに言ってるの。彼は生きてるのよ。いつかなんて、こないわ」

ママの励ましに、祐希は力なく首を横に振った。

「先に死なれるだけじゃない。母に捨てられた時みたいに、宗哉にとって俺はいらない人間になって、捨てられるかもしれない。だって、実際に婚約者もいるし」

「婚約者？　う〜ん、そこは……祐希ひと筋にするのか愛人にするのか、彼の心ひとつだけれど。でもね、祐希。過去の亡霊に捕まってちゃだめよ」

「無理。逃げられない。自分が宗哉の愛人としてそばにいたいと望むなら、婚約者なんてたいした問題じゃない気がするんだ。嫉妬だのなんだの、今はどうでもいい」

「屈折してるわねえ」

祐希は耳を塞《ふさ》ぐようにして頭を抱えた。問題は——。

「大切な人はみんないなくなる。それが俺の現実。いつかくる別れが怖い。宗哉が俺の前からいなくなるなんて、考えただけで胸が壊れそう」

たとえ愛情の終わりであっても、死別であっても、想像しただけで雅文を失った時より辛い。胸が苦しくて苦しくて、涙がとまらなくなる。

「そんなこと考えちゃだめだってば。そりゃ、人間誰しもいつかは死ぬものだし、飽きて別れることもあるわね。だけど、それは今じゃない。彼は今、あんたのそばにいて、あんたを愛してるのよ」

「嫌だ。それが明日でも百年先でも、俺には同じことだ。それなら先にあきらめてしまったほうがいい。なにもなかったことにして……今までどおり純平のためだけに、あの子の成長だけを見て生きていくほうが、よほど楽」

　これ以上、宗哉への想いが膨れていく前に。彼との関係を進めてしまう前に。

　ママは深いため息をついて、祐希の肩を抱き寄せる。

「そんな取り越し苦労で、あんないいオトコを手放しちゃうわけ。ほんと、ばか」

　ごつい指が髪を撫で、涙に濡《ぬ》れた頰を拭《ぬぐ》った。大きくて優しい感触に、すり切れそうだった心がしだいに安らいでいく。

　生みの母の記憶は、ほどんどない。ただ覚えているのは……大好きだった、愛してほしかったということだけ。彼女の手も、こんなふうに温かかっただろうか。生まれたその瞬間だけでも、愛してくれていただろうか。

「あたしはさ、自分がゲイだって気づいたのは三十になってからだった。悩んで悩み抜いて、その悩みごと自分を受け入れて、がむしゃらに働いてお金を貯めてクランベリーを開いたの。そして振り返ってみれば、もう四十半ば」

　ママはブランデーグラスを揺らし、芳香を鼻腔に含みながら言葉を続ける。

「結婚して家庭を持つなんてとっくにあきらめてるけど、このお店で働いてくれる女の子たちがあたしの娘。クランベリーがある間は、何十人、何百人、入れ替わってもみんなあたしの大事な子供なの。ヨボヨボになって働けなくなったら、店たたんで老人ホームにでも入るつもり。だから、いつだって一人じゃない。寂しくなんかないわ」

グラスを置くと、人差し指で祐希の胸元をつついた。

「あんたは、どう？」

「え、俺は……」

「この先ずっと、純平ちゃんにべったりくっついて生きていくの？　あの子の成長だけを楽しみにして？　だけど、子供は巣立っていくものよ。だんだん手がかからなくなっていって、大人になって伴侶《はんりょ》をみつけるの。その時あんたになにが残る？」

祐希は言葉を失ってしまう。そこまで考えたことがなかった。今はまだ三歳の純平を育てるだけで頭がいっぱいで、漠然としたビジョンのゴールは大学に入れるところまでだった。自分のことなんて、考えもしてない。

「あんたは大好きな従兄のために生きてきたでしょう。喜んでくれるから、褒めてくれるから、彼に愛されるいい子の祐希になった。今は純平ちゃんのためだけに生きてる。でもね、そろそろ自分を愛してあげなさいよ。自分のために生きてもいいと思うの」

自分のために——。祐希は、ママの言葉を胸の中で反芻《はんすう》した。

ある日突然、母は菓子パンひとつを残していなくなった。もう顔さえも覚えていないけど、そのパンが母の唯一の愛情だったかのように今でも目に焼きついている。そこにありもしない愛情に必死にすがって帰りを待ち続けた。怖くて心細いその最後の一日だけが、母との思い出だ。

祖母が慌てて迎えにきてくれたのは、丸一日たってから。お皿を出したり、庭の落ち葉拾いをしたり、お手伝いすると喜んでもらえるのが嬉しかった。『いい子だね』と言ってくれる笑顔が大好きだった。けれど、ある日突然……倒れて、病院のベッドで数時間後に二度と会えない人になってしまった。

親戚の家ではどこでも疎外感ばかり。お手伝いしても喜んではもらえず、すぐに次の家に出されてしまう。自分は彼らにとって『いい子』じゃないから家族にしてもらえないんだと、あきらめた。

だから雅文に手を差し伸べられて、二度と捨てられないように『いい子』にならなきゃと思った。愛される家族になりたくて、雅文が喜んでくれることはなんでもしようと頑張った。そんな、世界のすべてだった雅文にも置いていかれて、純平にだけは自分と同じ思いをさせたくなくて全身全霊の愛情をかけて育てている。

愛が欲しかった。家族が欲しかった。それをくれる宗哉を、好きにならないはずはなかったのだ。でも、どんな形であれ、人とかかわる以上、別れは常につきまとう。嫌というほど経験した悲しみを、もう二度と味わいたくない。手に入れた愛情を失うのは怖い。切なくて苦しくて、壊れたみたいに溢れる涙がとめられない。

「三つ子の魂百まで、か。三歳の時に捨てられて、母親のことなんかなにも覚えてないのに深い傷だけが残っちゃったのね。そこに塩を塗るみたいにして辛い思いが積み重なってきたんだわ」

ママはコーヒーのお代わりをカップに注ぎ、今度は砂糖とミルクをたっぷり入れてかき混ぜた。

「ねえ、人生は山あり谷ありって言うでしょ。今の祐希はまだ混乱したまま、谷底でもがいてるのよ」

そうだ。混乱している。ふたつの感情が引っ張り合って、どうしたらいいかわからなくて、逃げることしか考えられない。

コーヒーを口に含むと、蕩《とろ》けるような甘味が舌にまとわりついた。

「北海道にね、小さな別荘があるの。あたしは辛いことがあるとそこに逃げ込んで、とことん落ち込んでからリフレッシュして東京に戻る」

ママはテーパードパンツのポケットからキーホルダーを引っ張り出し、ひとつを外して祐希の前に置いた。

「祐希も、そこでしばらく考えてみたら？　一生を変える初めての恋なのに、感情だけで結論を急いじゃだめ。本当に欲しいものはなにか、どうしたいのか、彼から離れてゆっくり考えれば、答えは見えてくる。今のあんたに必要なのは、時間よ」

「時間が……解決してくれる？」

「そうね。だってあんた、未練タラタラだもの。別れるにしたって、前向きな気持ちで傷を埋めていかないと、また塩が重なって痛いだけ」

「痛いのは、もうやだ」

「でしょ。この時期なら飛行機はいつでも取れるわ。気がすむまで彼には黙ってる。チケット手配してあげるから、明日の朝にでも飛んでいきなさい」

ママが頼もしく言う。

意識の奥底の、心の深層を抉る深い傷。積み重なった塩を洗い流してしまいたい。時間をかければ、本当に答えが出るだろうか。自分を愛してあげられるだろうか。

祐希は、ママのフレグランス香るハンカチで涙を拭き、別荘の鍵を握りしめた。

「ほっかいどーってどこ？」

搭乗ゲートに向かう途中、純平が口を尖らせて言った。

「東京よりずっと北にあって、冬は雪がうんと降るところだよ。純平のお誕生日には雪遊びができる」

純平の目がキラリと一瞬輝いて、すぐに曇った。

「にゃーたんは？」

「北海道のおうちに着いて準備ができたら、すぐ呼ぼうね」

「どのくらいのすぐ？」

昨夜はにゃーたんをママに預け、ビジネスホテルに泊まった。最初は飛行機に乗ると聞いて喜んでいた純平だけど、にゃーたんを連れていかないことに不審を持ちはじめて質問攻めなのだ。

「すぐだよ。それまでママがご飯食べさせてくれるから大丈夫」

純平はちょっと納得した表情を見せて、また口を開いた。

「そうやは？」

「う、宗哉は……」

彼には黙って発つのだ。答えが出るまで会わない。もう二度と会うことはないかもしれない。そこの事情を子供にどう嚙み砕いて説明したらいいか困ってしまう。

「そうやのおうちにかえろうよ。じゅんぺは、くみちょとうたおかあさんすき」

「宇梶のおうちは、もう帰らないんだよ」

「どうして？」

「だって、アパートが火事でなくなっちゃったからお泊まりしてただけでしょう。お泊まりはもう終わり。だから北海道にお引越しするの」

「そうやは？」

同じ質問が続く。まるで責められているようで、祐希の神経がピリリと苛ついた。

「宗哉は一緒にいかないの」

「どうして？　そうやといっしょがいい」

祐希の苛立ちを感じ取ったのだろう。純平が足をとめた。

「わがまま言わないで」

「やだ。うかじのおうちにかえる」

「ほら、もうすぐ飛行機に乗れるよ」

手を引っ張って歩かせようとしても、純平は踏ん張って足を出そうとしない。

「純平！」

つい声を荒げてしまった。こんな理不尽な怒りかたをしたのは初めてで、すぐに後悔が胸を覆う。

「ひこーきのらない」

純平のほっぺたが膨らむ。

「ほっかいどーいかないっ」

祐希の手を振り払うなり、もときた通路に向かって駆け出していった。

「純平、待って！」

慌てて追いかけたけど、純平の小さな体は人の間をぬってちょこまかと走り、ベンチに遮られてそのまま見失ってしまった。

「純平ーっ」

呼んでも返事はなく、注目を集めるだけ。男の子を見なかったかと訊いて回っても、誰も知らないと言う。

まさか、モノレール乗り場まで戻ってしまったのだろうか。でも三歳児が迷わず辿り着けるはずないと思う。

とりあえず捜しながら下りてみることにして、エスカレーターに足をかけようとした耳に迷子のお知らせが入った。

成瀬純平、と確かにアナウンスは言った。ショッピングセンターで迷子になった時とデジャブる。アナウンスに従って最寄りの案内カウンターに走ると、そこに思いがけず見覚えのある長身の男の後ろ姿があって、さらにデジャブる。

「すみませんっ」

カウンターのコンシェルジュに声をかけると、長身の男が振り向いた。

「おまえ！　家に帰ってろと言ったのに、なに飛行機なんか乗ろうとしてんだ」

いきなり怒鳴られてたじろいでしまった。

「そ、宗哉」

「夜中に帰ったらいなくて、心配して捜し回ったぞ」

「そっ……、そっちこそ。なんでこんなとこにいるんだ」

せっかく離れて考えようとしてたのに。顔を見たら胸が弾んでしまう。それを隠そうとして声が知らず強気になる。

「クランベリーのママに聞いた。一晩中かけて吐かせたんだ。たく、しぶといオトー――アマだったぜ」

「吐かせたって、どうやって」

ママは、気がすむまで黙ってると言ってくれていた。それを吐かせるなんて、まさかひどいことをしたのかと疑ってしまう。

「あの、お客様」

横からかけられた遠慮がちな声に。

「なんだっ」

「なんですっ」

宗哉と同時に振り返ると、制服の女性がビクリと怯えながらもプロフェッショナルな笑顔で「お子様が」と手で示した。

「そうやっ」

純平が満面の笑みで駆けてくる。

「純平！　ああ、よかった」

祐希は受けとめようと腕を広げた。ところが純平はまっしぐらに宗哉に飛びつく。抱き上げられて、腹が立つほど嬉しそうな声を上げた。

「ほーら、ね。やっぱり、そうやきてくれた」

「なにが……ほーら、ね。なの」

「なまえいったら、ゆうパパといっしょにむかえきてくれるの。やくそくしたもんね」

ショッピングセンターでのことだ。また迷子になってもアナウンスがあればすぐ二人で迎えにいくと、宗哉が純平に約束した。それを覚えていて、二人揃って迎えにきてもらうためにわざと迷子になったのだった。

「ああ、俺は約束は守る」

「そんな無茶な……」

祐希は呆れてしまって、宗哉の腕から純平をひっぺがして床に下ろした。今はたまたま宗哉がいて一緒になったけど、本当なら彼はここにいないはずなのだ。

「さ、純平。飛行機の時間」

祐希は、惹《ひ》きつけられてしまう視線を宗哉から逸らす。

「いかせない。俺は、おまえたちを連れ戻しにきたんだ」

宗哉が、祐希の手荷物をひったくった。

「返せよ」

ひったくり返そうとしたらひょいと掲げられて、祐希の手が宙を泳いだ。

「なぜ俺から逃げる」

「……別れたいから」

「ふざけるな！　どうして別れたいか、まず俺の納得する理由を言え」

「く、組の跡目だから」

「それがなんだってんだ」

宗哉の声があたりを憚《はばか》らず大声になっていって、つい祐希も張り合ってしまう。

「婚約者がいるじゃないか」

「七於が勝手に言ってたことだ。それはもう解消させた」

「ヤクザなんて、早死に率が高いしっ」

「ますますわけがわからねえ。おまえがどこに逃げたって、必ず追いかけて捕まえる。極道の執着なめんなよ」

宗哉の手が伸びてきて、胸倉がつかまれた。乱暴に引き寄せられて、殴られるのを覚悟して思わず目を瞑《つぶ》った。

次の瞬間。感じたのは痛みじゃなく、温かなキスだった。

宗哉の唇が祐希の唇を押し包み、吸い上げて僅かに離れる。指先からゆるゆると力が抜けていった。

「愛の告白と別れを一度に宣告された俺の身にもなれ」

甘い囁きが、唇に吹きかかる。意識が蕩けてフワリと揺れた。

ふいにパーカーの裾が、ツンと引っ張られる。

「ねえねえ。じゅんぺ、はずかしいです」

「はっ」

と気づけば、案内カウンターのコンシェルジュたちが、困惑してこちらを見ていた。周囲には、足をとめて唖然と凝視する人、見ないふりをしながらも横目を向けて通りすぎる人、はてはスマホを向けようとする人までいる。

ボッと、顔から火が出た。

祐希は純平と宗哉を引っ張って、お礼もそこそこにそそくさと案内カウンターを離れた。こっそり振り返って見ると、すでに野次馬は散り、コンシェルジュたちはなにもなかったかのように通常業務に戻っていた。

祐希は顔の火照りが冷えないまま、フウと息を吐いた。飛行機に乗るつもりが、カウンターから逃げ出した先は搭乗ゲートと逆の、モノレール乗り場方面。無意識のうちに、宗哉と宇梶家に戻ることを選んでいたのだった。

「おうちかえるの?」

「ああ、帰るぞ」

「ほっかいどー、いかない?」

「そうだな。今度三人で旅行にいこう」

「さんにんでいくーっ。ゆきあそび、する？」

「おう、でっかい雪だるま作ってやる」

「ゆっきだっるま」

浮かれる純平は、宗哉と手をつないでスキップ歩きだ。

「冬の北海道もいいな。温泉でゆっくりしよう」

「なにを呑気《のんき》に……。公衆の面前であんなことして」

「俺は気にしない。いつでもどこでも、したいときにする。今ここでしてもいいぞ」

「いりません」

肩に腕を回されて、祐希はフイとそっぽを向く。けれど、体は知らず宗哉に寄り添っていく。

「一晩中かけてママを吐かせたって、なにしたの？」

まさかと思いながらも訊いてみた。

「どう見てもおまえの行先を知ってるそぶりだったからな。ママの好きなものを聞き出して買い集めて、目の前に並べてやった」

「好きなもの？　一晩中かけて？」

「そうだ。夜中に開いてる店探し回って、苦労したぜ。ギリギリ今朝になってやっと吐いたんで、慌てて車飛ばしてきた。間に合ったからいいが、渋滞にでも捕まったらアウトだった。ま、そん時は北海道まで追いかけるけどな」

やっぱり、宗哉がそんなひどいことをするはずなかった。物欲の薄いママの好きなものといったら、ケーキや和菓子、お気に入りキャラクターの雑貨とか、高級とはほど遠いものばかり。そんなささやかな品を探して夜の街を奔走していたなんて……、ママと宗哉のやりとりが目に浮かんで、なんだか笑ってしまう。

当の本人より祐希を知るママである。宗哉が連れ戻しにきたら抗えなくなってしまうことをわかっていた。だからギリギリになって教えたのだろう。そして、逃げるよりも向き合えと、祐希に言っているのだ。

胸を深く抉るこの傷を、洗い流すために。

宇梶家に戻ると、純平はバタバタと玄関に駆け込んでいく。

「ただいまーっ。くみちょ、うたおかあさん。あ、わかかしら、ただいまぁ」

家人の帰りをいつも一番にお迎えする若頭の源田が、目を細めて玄関に下りてきた。

「おかえり、じゅんぺーちゃん」

その足元から、にゃーたんがちょこちょこと走り出てくる。

「にゃーたん。ただいま、ただいま」

純平はさっそくにゃーたんを抱っこすると、スリスリと頬ずりした。

「くみちょは、ちょっとお出かけよ。でも昨日《きのう》ね、純平にアイス買ってくれたの。美味《おい》しそうなデコレーションアイス。さっそく食べるかい？」

歌子が、純平を連れて台所に入っていく。一般とはかなり違うけれど、賑やかで平和で、温かな家庭だ。ここには自分の及ばないぶんまでたくさんの愛情が溢れていると、祐希はしみじみ思う。

「ところで、祐希さん」

源田が真顔になって詰め寄ってきた。恭介と、他の住み込み組員たちにもいきなり取り囲まれて、祐希は何事かと後退《あとずさ》ってしまった。

「はっ、はい。なんでしょう」

「ついさっき、槍杉幾造先生はいるかと、ナントカ出版社から電話があったんですが」

「あ、そうか。すみません。念のためにと思って、仕事先にここの電話番号を教えていたもので」

宗哉と連絡を絶つつもりで、昨日からスマホの電源を切ったまま忘れていた。連絡がつかないので、知らせてあった宇梶家の電話にかけてきたのだった。

「槍杉先生って、祐希さんっすか？」

恭介が、子供みたいに期待膨らむ顔で訊く。

「は、はい。えと……そうです」

「おおおっ」

どよめくなり、源田と恭介はじめ、全員が蜘蛛《くも》の子を散らすように慌ただしく家の奥に走っていった。

「な……なに……？」

と宗哉と顔を見合わせていると、今度は怒濤《どとう》の勢いで駆け戻ってきて、再び祐希を取り囲んだ。

各々のその手には、槍杉幾造の既刊単行本。

「サインくだせえ！」

いっせいに声を揃えて言う。

「えっ」

祐希はびっくりしてまた一歩、後退ってしまった。

「さ、サインなんて」

そんなものはかつて書いたことがないのである。

「俺ら、槍杉先生のファンです！」

「先生の小説は俺みてえな年寄りでも、こう、胸にぐっとくるものがあるんですよ」

「ロマンがたまんねっす。じいちゃんなんか、先生の本を読むと必ずネットでレビュー書くほどの大大ファンなんすよ」

「え、あ……」

祐希の脳裏に、思い当たる名前が浮かんだ。以前、編集者から熱烈なファンがいますよと教えられた。作品が出るたび上がるレビューを読んで、ずいぶんと励まされてきた。そのハンドルネームは『ＷＡＫＡ』さん。それが、この若頭の源田だったとはびっくりだ。いや、それも驚いたけど、七十八歳の源田がネットを駆使してレビューを書いているというのも、ちょっと驚きだ。

「オカズにするだけじゃ、もったいねえ」

「特にこの三巻。辰夫の堕落っぷりが身につまされて、泣きました」

「俺らのバイブルです」

恭介は二十歳であるが、六十代、七十代のしかも強面の年寄りたちが興奮気味に頬を紅潮させる。

その後ろから、七於がそっと本を差し出してきた。

祐希は目を丸くして、思わず最初に七於の手から受け取った。彼も読んでくれていたのかと思うと、驚きの連続だ。

教科書の名前書きみたいなきっちりした字でサインを入れている間、七於はバツ悪そうにそっぽを向く。

「あの……今、一般文芸誌に短編を書いてて……。エロはないけど、よかったら」

上目で反応を窺いながら、オズオズと宣伝してみた。すると七於はサインの入った本を祐希からひったくり。

「かっ……買う」

ひと言ボソリと言うなり、クルッと背中を向けて駆け出していった。

「そうか」

宗哉が、ポンと手を打った。

「槍杉幾造の本は、七於の愛読書だ。名前に覚えがあったから、祐希の本棚にあるのを見て読んでみる気になったんだ」

「そうっすよ。最初は七於さんに借りて読んで、俺らの間に広まったんす」

「今じゃすっかりファンで、先生の本は全部持ってます」

「エロなしでも読みますよ。楽しみだねえ」

祐希は慣れない手でサインを書きながら、少し照れてしまった。

複雑そうにしながらもサインを待ってくれていた七於の姿を思い出すと、なんだか嬉しくなる。彼らとの距離が、急に近く感じられた。今までいい人たちだとわかっていながらも、厚意を素直に受け取れなかった。

それは、過去の傷に囚《とら》われた自分が彼らとの間に溝を作っていたからだと、改めて振り返る祐希だった。

二階の寝室に上がると、宗哉はバッグを開いて祐希と純平の衣類をせっせとクローゼットに戻していく。火事でなにもかも燃えてしまったから、買い揃えたばかりのせいぜい一週間ぶんていどの枚数である。

祐希はベッドに足を投げ出して座り、不思議な気分で宗哉の姿を眺めていた。

昨夜はあんなに泣いて、世界が終わるかと思うほどの恐怖に呑まれていたのに、今は自分でも驚くくらい落ち着いている。この数日、宗哉のいない部屋で眠るのはひどく心細かった。今でも、胸に根差す恐れは存在している。だけど、彼がそばにいるだけで、周囲が眩《まばゆ》く見えるのだ。

　宗哉はノートパソコンをデスクに置くと、ベッドに腰かけて祐希を見つめる。

「それで、別れたい理由は俺が組の跡目だからだって？」

　蒸し返されて、祐希はグゥと言葉を呑んでしまう。

「組を継いで七於の言う女と結婚して、俺がおまえを捨てるとでも考えたか？」

「そういうことも……あるかもしれないだろ」

「婚約は最初から無問題だ。高貴な家柄じゃあるまいし、ヤクザの跡目なんてのはどうとでもなる。七於が襲名しても子供は無理だろうが」

　つまりそれは綾坂がいるという意味で、彼らの関係も組内で公認なのだろうか。オープンというか、おおらかすぎるほど寛容な人たちだ。

「ゆくゆくは久美の長男があっちを継いで、次男に宇梶を継がせる手もあるんだ。俺はこれからも極道を通す。それは、おまえたちと一緒に生きていく妨げにはならない」

　宗哉は、なにごとも中途半端にしたりしない。ひとつひとつ納得できる言葉を提示して、祐希の不安を解消しようとしてくれる。

「あとは、俺が早死に？」

　祐希は俯いて、縮めた膝を両腕で抱えた。

「ばかみたいだって、自分でもわかってる。取り越し苦労で、考えすぎだ……って」

また胸が迫り上がってくる。真っ暗な穴の底でただあきらめて蹲《うずくま》る自分が見える。遙か頭上にある光には手が届かない。つかんだと思っても、すぐに消えてしまうもの。

「前に、話したろ。母に捨てられて、祖母に先立たれて」

「従兄にも死なれた。だから、『出会いと別れはセット』なのか」

「今でも怖いんだ。大切な人に置いていかれるのが。いつか愛が冷めて別れるのも、先に死なれるのも、俺にとっては同じこと。子供の頃の傷が消えない。消せない」

「三つ子の魂百まで、ってやつだな」

「ママもそう言ってた。母に捨てられた傷に塩を塗り重ねてるんだって」

宗哉が、顔を顰《しか》める。

「そりゃ……痛そうだ」

「痛いよ。すごく痛くて泣けちゃう」

クスと小さく微笑《わら》ってしまう。

それでも、今こんなふうに話せるのは、宗哉だから。彼の愛情が、背を向けて逃げようとする弱い心をしっかり捕まえてくれたからだ。

「好きだって自覚して、宗哉が大切な人になった。そしたら急に怖くなって、いつか置いていかれる日がくる前に……先に自分から捨ててしまおうと思った」

「それで逃げようとしたのか」

「あ、でもママに説得されて、いちおう考えるつもりだったんだよ」

「いちおう？　北海道までいってなにを考えるってんだ」

「宗哉から離れて、出会いをなかったことにするか。宗哉のそばに戻って恐怖と向き合うか……かな」

具体的になにをどう考えるか決めてはいなかったが、要約するとそういうことだろうと思う。

「ほんと、めんどくせーやつだな」

宗哉は、祐希の頭を胸に引き寄せた。

「ことは簡単だ。そんなに怖いなら、俺が死ぬ想像していくらでも泣けばいい」

宗哉の唇が額をくすぐり、瞼《まぶた》に柔らかなキスを落とす。目を閉じると宗哉の呼吸を感じて、心が安堵に包まれた。

「そのたびに抱いて安心させてやる。くだらねえ涙が快感の涙に変わるまで、しつこくかわいがってやるから覚悟しとけよ」

なんて強引で……真摯《しんし》な言葉。祐希は薄く目を開け、頷いた。

唇が重なり、漏れる吐息が互いを蕩かしていく。愛《いと》しい思いを含むキスは、このうえなく甘い。

脇腹を撫でる手がシャツの中に侵入して、素肌を合わせる期待に皮膚が粟立《あわだ》った。

「久しぶりの祐希の体だ」

宗哉がボタンを外しながら言う。

「一緒に暮らしてから五日もやらなかったなんて、あったか？」

「ない」

即答すると、祐希の肩からシャツがすべり落ちた。

彼との関係はひとつ進んだ。その先までも見せてくれた。勝手に不安になって何度も泣いて、そして何度も抱いてもらおう。

きっと、抱かれるごとに傷口に重なった塩は洗い流されていく。いつか、永遠の幸せを信じられる日がくる。

「俺も……宇梶の人間になれるかな」

「もう、うちの家族だろ」

「う……ん」

舌先で耳たぶをくすぐられて、ゾクリと首を竦めた。

柔軟で寛容で、なによりも情を重んじる人たち。宇梶の家族になりたい。今度こそ、受け入れてくれる彼らの厚意を信じて、自分も彼らに情を返したい。

服を脱ぎ捨てると、呼び合うようにして素肌が寄り添う。祐希は、宗哉の腕の包帯にそっと指を触れさせた。肘から下に巻かれた白い包帯に、薄っすら血が滲んでいるのが痛々しい。

「病院、いった？」

「七針縫うかすり傷だ」

「それ、かすり傷じゃない」

祐希は思わず怒ってしまう。転んでできたようなすり傷とはわけが違う。かすっただけとはいえ、相手は刃物なのだ。

「もう無茶はしないで。俺がどんな危険に遭っても、怪我したり死んだりしないで」

そう言う声が、また震えそうだ。

「とりあえず、イエスと言っておこう」

「なにが、とりあえずだよ。約束して。約束は守る男なんでしょう」

「大事なやつは命にかえても守るのが男だ」

祐希はキッと睨み上げる。反して、宗哉は頬を緩めた。

「わかった。約束する。俺はなにがあってもおまえを置いていかない」

抱きしめられて、体温が一気に上がった。

宗哉の胸から腹へと掌をすべらせ、鼓動の存在を確かめながら足の間に顔を埋める。幹を握って先端を口に含むと、勃《た》ち上がった隆起が祐希の舌に躍動を伝えた。

吸うようにして圧迫を加えながら、顔を上下に動かしていく。

幾度となく指導を受けて今ではかなり上達した舌技である、と自分では思っている。宗哉に言わせると『まだまだヘタクソ』なのだそうだが。

まだ口で宗哉を達かせたことはないけど、愛ある今はできるかもしれない。彼をこの口に包んで、頂点に導いてやりたい。

祐希は幹を握る指に力を加え、先端から、えずきそうなほど喉の奥まで、深く浅く愛撫《あいぶ》を繰り返す。

隆起が急激に熱を帯び、ひと回り質量を増した。

いったん口から出して、そのたくましい感触を愉《たの》しみながら何度もねぶり上げる。特に先端を丁寧に舐《な》め、またすっぽり喉の奥まで含んで上下の摩擦を与える。

くちゅくちゅと舌を波打たせると、熱塊がヒクリと痙攣《けいれん》して、祐希の口内にトロリと甘い露を広げた。

「出す？」

祐希は、先走りと唾液《だえき》で蕩けそうな先端を軽く吸い、期待の上目で見上げる。

「祐希の中で」

頭上で囁かれて、宗哉を迎える箇所がズクリと疼《うず》いた。口で達かせてみたかったけど、中で達ってほしいと下のほうの口が激しくせがんだ。

糸で引っ張られるような動作で半身を起こすと、膝をまたいで宗哉の首に抱きつき、胸に体を預ける。

ゆっくり腰を落としていくと、すでに開きはじめている窪《くぼ》みに硬い感触がめり込んで、一刻も早く宗哉を感じようと内壁が震えた。

「解《ほぐ》してないのに、大丈夫か？」

「ん……少しくらい……痛いのも気持ち悦《い》い」

体が宗哉を欲しがっているのだ。押し広げられる内壁が、引きつれて痛む。けれど、それはすぐ快感の疼きになって全身を浸す。

愛を自覚してから初めてのつながりで、逸る官能が抑えられない。心までひとつにつながる高揚感に、産毛がザワリと逆立った。

宗哉のすべてが体内に埋め込まれると、祐希は性急に腰を揺らした。

一番感じる小さな粒に熱塊が当たって、祐希の先端から透明な露が溢れ出した。電気を流されるような感覚が屹立《きつりつ》にまとわりついて、サイダーの泡みたいに無数の刺激が生まれては次々に弾けた。

「悦い？」

「五日もブランクがあるのに、うまくなってる。俺がいない間に練習したか？」

「ばか……」

求める気持ちが、かつてないくらい最高潮なのだ。『悦い』と言わせてやりたくて、浮き沈みさせる腰を思いきり早めた。

汗ばむ祐希の肌が、こすれ合う宗哉の肌にしっとりと吸いつく。つなげた体が宗哉の上で跳ねるたび、特注サイズのベッドがギシギシといかがわしい音色を軋《きし》ませた。

官能が煽られて、内壁の摩擦を求める腰がいっそう大きく動いてしまう。悩ましくほとばしる喘《あえ》ぎが祐希の唇をカラカラに乾かした。

もっと、もっと宗哉が欲しい。キスしたい。

けれどこの体勢でキスをすると、体の動きが小さくなって摩擦が弱くなる。もどかしくて、焦れったくて、欲情を満たそうと祐希は夢中になって腰を振った。

「あ……ん」

宗哉の熱塊がしだいに滾《たぎ》っていくのを感じて、喜悦の波に襲われた。

「祐希……っ」

名前を呼ばれて、唐突に意識が暴発した。宗哉の声が『悦い』と伝えてくれているのがわかった。

祐希の背中を抱き返す腕に力がこもる。奥深くを犯す熱塊が膨張して、内壁に射精の前ぶれを報《しら》せる。

全力で宗哉にしがみつくと、体が硬直して中にいる隆起をきつくしめつけた。

祐希の中で、脈動する宗哉の隆起が欲熱を放った。

「ああっ……あっ」

祐希は上体をしならせ、宗哉の頂点を貪《むさぼ》るようにして身を震わせた。高熱を溜《た》めた屹立が爆《は》ぜて、開いた鈴口が白液を噴き出した。

「は……ぁ」

けだるい吐息が唇から漏れる。同時に新たな欲情が湧いた。

宗哉を達かせられて満足だ。でも、内壁はヒクヒクがとまらないし、熱の滴る屹立は勃ち上がったまま。欲求が終わらなくて頭がのぼせる。

祐希は、宗哉との間に飛び散った白液を指に取り、自分の胸になすりつけた。

「今度は……宗哉が、して」

「エロエロだな。槍杉幾造の本に出てくる女より色気がある」

「事実は小説より奇なり」

「引用が間違ってないか？」

体が反転させられて、ベッドに押し倒された。

祐希は、宗哉の背中に腕を回して、いつもの愛撫を待った。

最初の時は、実体験するという好奇心に負けて流された。次は覚えたての欲求にやっぱり流されて、三度目からは参考資料の名目で自ら進んで行為に没頭するようになった。四十八手の指南本を片手に、とてもじゃないが無理だろうという体位にも果敢に挑戦してみた。

何度も抱き合ってきたけど、こんなふうに組み敷かれて宗哉の重みを感じるのが、一番好きだ。

首筋にキスされて、早くも乳首が収縮した。

宗哉の舌先が祐希の鎖骨を舐《ねぶ》り、胸へと下りる。乳暈《にゅううん》を舐められて、硬くなった乳首の先がキュッと尖り勃った。

「早くっ……食べて」

身悶《みもだ》えて要求してしまう。

「おねだりもじょうずになった。満足させてやろう」

宗哉は言うと、祐希の胸の先を口に含む。

歯に挟んでクチュクチュと噛まれて、痛みと疼きが乳首をしこらせた。

「ふぁ……あ」

吸いながら舌でこねられて、しこりの解けた胸先に熱が溜まる。また歯で扱《しご》かれると乳首が収縮して尖り、しこりになった熱が下腹へと落ちていく。

それを繰り返されて、萎《な》えることのない屹立が何度も痙攣した。

もう片方の乳首も、指でつまんでこねられる。揉みしだいて爪の先でかかれて、そっちも硬く尖ってキュウとしこる。

新たなぬるつきが鈴口から溢れて、精液の残滓《ざんし》を含むしずくが糸を引いて滴る。濡れた愛撫と乾いた愛撫。どちらも捨てがたい快感だ。

「真っ赤になって美味そうだな。このまま呑み込みたくなる」

ほんとに、噛んで呑んで、食べちゃってほしいくらい、宗哉の口でかわいがられるのは気持ち悦い。胸の刺激が下腹に伝わって、ジリジリと射精感が溜まっていくもどかしさもたまらない。

悶えまくって乳首の快感を堪能した頃、その口が屹立に下りてペロリと舐め上げる。

「んっ……あっ」

絶妙な舌の動きが先端に向かって這い上がり、淫《みだ》らな露を丁寧に舐め取っていく。根元の膨らみを舌でなぞり、中で転がる珠を吸って弄《もてあそ》ぶ。

まだまだヘタクソと言われるのが納得できるほど、初心者の祐希では及ばない巧妙な口の技である。

先端を咥《くわ》えられ、ズボリと口の中に含まれて、思わず胸を反らした。窪みに指を挿《さ》し込まれて、息がとまりそうになった。

屹立を口腔《こうこう》で摩擦され、さらに内壁に埋もれた小さな粒をこすられたら、もう我慢できない。欲求の熱が急激に上がっていく。

「ああっ……あぁ……んっ」

喘ぎにあられもない声がまじってしまって、祐希は懸命に口を閉じた。

けれど、呼吸が乱れてすぐに開いてしまう。

「や……っ、あっ……ああ」

小さな粒を執拗《しつよう》に攻められて、宗哉の舌に包まれた屹立が何度も跳ねる。今にも頂点に昇っていきそうで、根元に充満した熱が激しく波打つ。

宗哉の指を咥え込んだ窪みが痙攣しては開く。重量感を欲しがる内壁が、狂ったように激しくうねった。

「も、だめ。宗哉の……おっきいの、挿《い》れてっ」

大きな声を出したら部屋の外に聞こえると思うけど、口からこぼれ出すのをとめられない。こんなエロ本みたいなセリフ、あとで思い出して絶対恥ずかしくなる。でもわかっていても、言わずにいられなかった。

宗哉がムクリと半身を起こす。

「今のエロセリフ、一瞬イキそうになったぞ」

「イキそ……なのはこっち。早くきて」

羞恥《しゅうち》は彼方に吹っ飛び、両腕を伸ばして急《せ》かしてしまう。

宗哉は、祐希の胸に半身を重ね、片足の膝裏を持ち上げて秘所を開かせた。

滾り勃つ先端が窪みに割り入る。

「はあ……あぁ」

待ちわびていた襞《ひだ》が、愉悦も顕《あら》わに宗哉を呑み込んでいく。

律動がはじまると敏感な粒が重量感にこすられ、張り出した屹立がまるで意思を持ったかのように振れ動いた。

愉悦が満ちて、うねる内壁が宗哉を煉《ね》り上げた。咥える窪みが緊縮して、往復する熱塊をきつく扱き上げた。

律動が速まると摩擦も強くなって、腰が突き上げられる。奥を貫かれて、息のとまりそうな快感が背骨を走り抜けた。

官能にむせぶ意識が何度も飛んだ。

「あっ……ん！」

声が詰まる。全身が強張《こわば》り、膨張する屹立が一度目より濃厚な白液を吐き出した。

宗哉の熱が最奥で解き放たれ、撹拌《かくはん》された精が窪みから溢れて滴り落ちた。

隆起が引き抜かれると、祐希は力を使い果たしたかのように手足を投げ出した。

荒い呼吸が胸を大きく上下させ、汗ばむ肌が体内にこもった熱を放出しはじめる。

「満足したか？」

「堪能しました……」

体はだるいけれど、心は軽く晴れやかだ。

満ち足りて目を閉じると、ふと瞼の裏でたくさんの文字が躍りはじめた。

それが入れ替え組み替えして、音楽が流れるようにして連なっていく。

停滞していた原稿の続きだ。この数日、頭の中にオガクズが詰まっているようで一文字も書けずにいた。愛を確かめ合ったことで、充足した心がオガクズをきれいさっぱり取り払ったのだろう。

クリアになった頭の中にスラスラと文章が湧いてくる。祐希は、それを今すぐ書きとめようと、だるいのも忘れてベッドから起き出した。

と、脱ぎ捨てた服を拾おうとした耳に、パタパタとかわいらしい足音が聞こえてきた。

「ゆうパパ！　そうや！」

いきなりドアが開いて、心臓が口から飛び出そうになった。祐希は焦ってベッドに戻って掛布団を肩までずり上げた。

「みてみて！　くみちょがにゃーたんのおようふくかってくれたの」

純平が、猫用の服を広げて見せる。

ピンク色で、バレリーナみたいなフリフリがいっぱいついたドレスだ。にゃーたんは男の子なのだけれど……。

「そっ、そう。よよ、よかったね」

「にゃーたんにきせてあげるんだあ」

ご機嫌な純平は、廊下に走り出るとドアも閉めず階下に駆け戻っていった。

「宗哉とゆうパパなにしてた？」

歌子の声。

「はだかんぼでおひるねしてたーっ」

無邪気で赤裸々な報告が聞こえてくる。

「だからあとにしなさいって、言ったのに」

祐希の顔から火が出て、頭を抱えて突っ伏してしまった。

その横で、宗哉が声を上げて笑う。

純平を保育園に預けたあとの、二人きりのアパートの部屋ではないのだった。これからも、この家には常に誰かいるのである。気をつけなければと、祐希は手扇子で火照った顔に風を送った。

気を取りなおして服を着ると、さっそくデスクのノートパソコンを開く。

ノソリと起き出してきた宗哉が、背後から腕を回して肩を抱き、祐希の頭のてっぺんに口づけた。

「仕事か？」

祐希は、スチャッと眼鏡をかける。執筆モードに切り替えだ。

「締め切りが近いんだ。邪魔するなよ」

「つれねえ。さっきまでのエロエロ祐希はどこいった」

「たぶん仕事が終わるまで戻らないね」

宗哉がブウと頬を膨らませた。

その顔が子供みたいにかわいく見えて、思わず笑ってしまう。

「純平と遊んでくる」

「そうして」

笑いのとまらない祐希は、背伸びして宗哉の唇をついばんだ。

記憶と現実の狭間《はざま》に迷い込んだ男の、風変わりな日常を切り取って描く短編。原稿に向かうと、すぐにまた文章が頭の中ですべり出す。

迷いのない指が、キーボードの上で軽やかに躍った。

ななちゃんの呟き

四つん這《ば》いの腰が揺すり上げられる。

奥を突く速さが、どんどん増していく。

貫かれるたび喘《あえ》ぎが押し出されて、声を漏らさないように口元を枕《まくら》に埋めた。

いい箇所を強くこすられて、促される射精感が限界まで昂《たかぶ》った。

「綾坂《あやさか》……っ、出る」

喘ぎまじりのくぐもる声で訴えると、今にも暴発しそうな股間《こかん》に素早くタオルが押し当てられた。

「んっ……ふ」

手足の爪《つめ》の先までピンと体が張りつめて、駆け巡る欲熱が焼けつくような快感を残して尿道を走り抜ける。

タオルに包まれた屹立《きつりつ》が、心置きなく白液を射出した。

初めての行為のあと。自分の撒《ま》いた精液だらけのシーツを見て、こんなに汚れるならもう二度としないと綾坂に文句を言った。ゴムをつければいいと提案されたけど、そんなめんどくさいことをしてまでやりたくないと、断固として拒否した。考えた綾坂は、その次から七於《ななお》の精液受け用のタオルを持参してくるようになったのだ。

彼と体の関係を持って、もう十年になるだろうか。


出会いは、中学二年になったばかりの頃。

三歳上の兄が初めて家に連れてきた友人だから、信頼して受け入れた。

兄が『あいつは頭がいい』と言ったから、なるほどと思って一目置いた。

兄が『家庭教師してもらえ』と言ったから、中学三年になって志望校のランクを上げるために受験勉強を見てもらうことにした。

そんなある日のこと。

「綾坂は医大にいくのか?」

訊《き》いてみた。

綾坂の一族はみな医療関係に従事していて、総合病院を営む両親も外科医と内科医。姉も現在医大生なのだ。

「そうだねえ。考え中」

「どうして? 成績は合格確実なんだろ。担任が期待してるって、兄さんに聞いたけど」

「だって、医学生は忙しいんだよ。研修医になったら、さらに忙しい生活が続く。長いことなちゃんに会えなくなっちゃう」

　わざとらしく悩む顔を作った綾坂は、シャーペンをクルリと指先で回して言った。

「医者になれば、それはしかたないでしょ」

「並みの忙しさじゃない。一人前になるまでプライベートを捧げる覚悟がいるんだよ。それよりね、弁護士になろうかなと、思ってるんだ」

「ふうん？」

「そしたら、宇梶《うかじ》組の顧問弁護士になる。どう？」

「どうって……僕に訊かれても」

「宗哉《そうや》は賛成してくれた。宇梶組には顧問弁護士がいないだろ。俺が顧問についたら助かるって」

　と言われたら、兄をリスペクトしている七於である。異論は、一ミリもない。

「そうか。いいと思う」

「よし。ななちゃんが賛成してくれるなら、進路変更は決定だ」

　などとたいして悩みもせず進学先をコロリと変えた綾坂は、某一流大学の難関といわれる法学部に入学した。

　それも塾にはいかず、七於の家庭教師を続けながらの受験勉強で。

頭のいい兄の通う高校は、都内でも有数の進学校である。同級生で親友の綾坂も、当然のことながら頭脳レベルは高い。さすがに勉強の教え方もうまくて、おかげで七於もワンランク上げた高校に余裕の成績で合格できた。

そんな、高校入学式を間近に控えた晩。

お互いの進学祝いにと綾坂が持ってきたシャンパンを飲みながら、彼が言った。

「このまま、大学受験まで家庭教師やってあげるよ」

「え、もういいよ。大学なんて、いけるとこてきとーに選ぶし」

「てきとーなんて、もったいない。ななちゃんは宗哉に似て頭がいいんだから」

「う、うん……」

宗哉に似て、と言われて悪い気はしない七於なのである。

「学部はどこ希望？」

「そこまで考えてない」

「組の将来のためにも、経済とかいいかもしれないね。企業を回していく戦力になる。宗哉も、ななちゃんには期待してるんだよ」

「じゃあ、その線で頼もうかな」

宗哉が、と言われたらすぐその気になる。とことん、なににおいても大好きな兄が基準の七於なのだった。

　実をいうと、最初の志望は兄と同じ高校だった。でも『おまえは俺より頭がいい。自分のレベルに合った高校を選べ。なにごとも上を目指せ』と言われたのが嬉《うれ》しくてその気になって、ランクを上げたのである。

　ところが、そんなことを言った兄は受験直前になって進学しないと言い出した。大学にいかなくてもいつでもどこでも勉強はできる。要は向上心、心がけだ。俺に大学の学問は必要ない。

　というのが兄の持論。それを聞いた時はショックで寝込みそうになってしまった。頑張って勉強して、いずれ兄と同じ大学を受験するつもりでいた。一年間だけでも兄と同じ在校生として学びたいと思っていた。だから、目標である兄のいない大学なんて、どこでもいい。自分も大学進学はやめようと考えたくらいなのだ。

「ななちゃん、モテるよね」

　シャンパングラスを空にした綾坂が、悩ましげにため息をついてじっと見つめる。

「急に、なに。モテなくはないけど」

「高校にいっても、きっとモテモテだろうね」

「男子校だよ」

「だからよけい心配。ねえ、もし男にいやらしいことされたら、どうする？」

「僕は強いから、そんなことされる前に投げ飛ばす」

小学生の頃から空手と合気道を習っているので、腕には自信があるのだ。

「でも、うっかり最後まで犯《や》られちゃったら？」

「殺す」

「そっか。ななちゃんに殺されるなら本望」

綾坂が、ふわりと微笑《ほほえ》む。ふいにその手が七於の胸元に伸びた。

「は……っ？」

いきなり抱きしめられたと思ったら、バタリと仰向《あおむ》けに押し倒された。キスされて脱がされて、うっかり最後まで犯られた。

だけど——綾坂を投げ飛ばしも殺しもしなかった。

嵐《あらし》のような初体験のあと、汚れたシーツに気づいて悪態をついただけだった。


そして有言実行の綾坂はストレートの最短で弁護士になり、こうして今、事後の七於の下半身をタオルで丁寧に処理しているのである。

されるがままうつ伏せで体を休める七於の背中に、綾坂が指を這わせながら口づける。

「俺も、ななちゃんと対《つい》の刺青《いれずみ》入れたいな」

少しずつ彫り込んで、一年前に完成した極道の証《あかし》。大輪の牡丹《ぼたん》の上に巣を張った色艶《あで》やかな女郎蜘蛛《じょろうぐも》の図柄だ。

「そんなの彫ったら弁護士生命終わるよ」

「そしたら宇梶組の構成員になる。ななちゃんの右腕になって働くよ」

「跡目は兄さん。右腕になるのは僕。弁護士じゃない綾坂に用はないな」

七於はベッドから降り、そそくさと服を身に着ける。その後ろで、乱れたシーツをなおしながら綾坂がボヤく。

「冷たいなあ。堂々と伴侶《はんりょ》を連れてきた宗哉が羨《うらや》ましい」

シャツのボタンを留めながら、七於はハッとして振り向いた。

「……うちの家族に言うなよ」

この男は『ななちゃんいただきました』とか、へろっと言いそうで怖いのである。

「どうして。真剣な交際なら、宇梶家の人たちは誰《だれ》も反対しないと思うけど？」

「真剣じゃないだろ。セフレだろ。それも、兄さんの親友だから信頼してやらせてやってる。上等なセフレだ」

「そんな、高級娼婦《しょうふ》みたいに。そろそろ俺たちの関係、見なおしてみようよ」

ワイシャツに袖《そで》を通した綾坂が、床に落ちたネクタイを拾ってパンとはたく。仕事帰りに、こちらのゴタゴタのようすを見に寄ったのだ。

「見なおすほどの関係か？　綾坂がふらっとうちにきて、ついでにやって帰る。ただそれだけだろ」

「デートに誘ってもＯＫしてくれないんだから、それだけになっちゃうのもしかたないでしょ」

「僕は映画は一人で観る派だし、外食も好きじゃない。酒も飲めないからバーやクラブもいかない」

「じゃあ、どこならＯＫしてくれる？　遊園地？」

「うるさいよ」

最初に体の関係からはじめたのは綾坂だ。こっちだって別に嫌いじゃないし、顧問弁護士は必要だから十年も関係を続けている。それ以上でもそれ以下でもない。そもそも、十五歳のいたいけな少年を押し倒すなんて、弁護士志望の男にあるまじき悪行。あの時に殺されなかっただけでもありがたいと思え、と言いたい。

「とにかく、僕は性的関係を家族に報告する趣味はないんだ。バラしたら、二度とやらせないからな」

そう言ってクギを刺すと、七於は本棚から一冊の本を引き出した。

「槍杉幾造《やりすぎいくぞう》？」

「忙しくて読みかけのままだった新刊。久しぶりに居間でくつろぎたいんだ」

「ななちゃんが熱心なファンだから、俺も読んでみたよ。エロだけで終わらない余韻があって、けっこういいね」

「だろ。最近ちょっと壁にぶつかってるみたいだけど、これを越えてからの変化が楽しみだ。この人の感性は、官能小説だけにとどまらない。いつかエロ畑から外に出ていく作家だと、僕は思ってるよ」

七於は気に入った作家の成長を見届けるタイプの読者である。槍杉幾造の小説は、文庫化していない雑誌やウェブの掲載まで一作もかかさず読んでいるのだ。人の心の深淵《しんえん》を覗《のぞ》く繊細かつ大胆な描写は、エロにとどまらない感性と実力を感じさせる。いつか一般ジャンルに進出するだろうという期待を持たせてくれる。すでにペンネームを変えて活動しているかもしれないとも考えて、描写が似ていると思える作家の本を片っ端から漁《あさ》って読んでみた。今のところ、まだ発見できずにいるけれど。

久しぶりに読書の時間が取れて、すっかり機嫌のなおった七於だ。

が、ドアを開けて廊下に出たところで、そこにいる人を見てムッとしてしまった。

兄が伴侶だと言って憚《はばか》らない成瀬祐希《なるせゆうき》である。昨日の深夜、アパート火災で焼け出されて、子供と猫を連れて転がり込んできた男だ。

「あ……どうも……」

祐希が困ったような頼りない顔で頭を下げ、そのまま目を逸《そ》らす。

七於は複雑な面持ちで、祐希を睨《にら》んだ。

彼を嫌ってるわけじゃない。だけど、気に入らない。兄の伴侶としては認めたくない。だいたい、子持ちでゲイバーのホステスだなんて、どうせ金目当てのビッチだろうと思った。別れ話にもでかい態度で図々しく言い返してくるだろうと身構えた。

それが、人の顔を見てはオドオドするばかりで、こんなふうに遠慮して小さくなってるなんて反則だ。手切れ金にしたって、少ないとか言ってごねるかと思ったのに、手もつけないで返してくるとは何事か。おかげで兄に叩《たた》かれてしまったではないか。思い出すだけで腹が立つ。

七於は百八十度クルリと体の向きを変え、部屋に戻るなり苛立《いらだ》ちまぎれで乱暴にドアを閉めた。

「どうしたの」

綾坂が、涼やかな目元を細めて微笑みかける。

「やっぱりここでくつろぐ。綾坂も、早く帰って休めよ」

「そうする。相馬《そうま》組になにか動きがあったらすぐ連絡して。飛んでくるから」

「わかった」

綾坂は、七於の額に軽いキスを落とす。

「じゃ、またね。束《つか》の間の休息、楽しんで」

「ま……お、おやすみ」

七於は『またね』と返しそうになって、さり気なく言いなおした。

兄がプイと家を出てしまってからの一か月間、かわりにあれやこれと忙《せわ》しない日が続いた。相馬組とのいざこざも、火事騒ぎを発端にこれからしばらく落ち着かないだろう。本当に、束の間の休息だ。

七於はベッドヘッドに枕を立てかけ、足を投げ出して座った。

読書は至福の時である。

フウとひと息つくと口角を緩め、読みかけだった槍杉幾造の本を開いた。

あとがき

皆さま、こんにちは。

はじめましてのラルーナ文庫です。

子連れモノづいてるかみそうですが、今回はヤクザさんを絡ませてみました。人情溢れる下町のほのぼの極道。いかがでしたでしょうか。

昔の正しい極道は育ててくれた親への恩義を大事にすると、聞いたことがあります。まあ、ちょっとは良くないこともやってるんでしょう。でも極道なりの正義を貫くヤクザさんたち。現実は殺伐とした話題しか聞かないけど、お間抜けな相馬兄弟も含めて、こんなほのぼのした極道一家が本当にあったらいいなと思いながら、楽しく書きました。

皆さまにも、少しでも楽しんでいただけたら嬉しいです。

イラストは、小椋ムク先生にいただきました。

にゃーたんがカワイイです。純平くんが超絶カワイイです。宗哉はかっこいいし、祐希は美人さんだし。七於と綾坂が主役にしたいくらいお似合いカップルです。井戸端三人組のラフ画もいただいたのですが、これがまた本文イラストに入らないのがもったいないほどのトリオでした。

小椋先生。素敵なイラストをありがとうございました。

担当様にも、いろいろとお世話ばかりかけて申し訳なくもありがたく思います。

私の拙作を読んでくださった皆さまにも、感謝とお礼を申し上げます。

それでは。

またラルーナ文庫でお目にかかれますように。

二〇一七年　冬　かみそう都芭

本作品は書き下ろしです。

ラルーナ文庫

この本を読んでのご意見・ご感想・ファンレターなどお待ちしております。〒111−0036 東京都台東区松が谷1−4−6−303 株式会社シーラボ「ラルーナ文庫編集部」気付でお送りください。

猫《ねこ》を拾《ひろ》ったら猛犬《もうけん》がついてきました

2017年3月7日 第1刷発行

著　　者｜かみそう 都芭《つば》

装丁・DTP｜萩原 七唱

発 行 人｜曺 仁警

発 行 所｜株式会社 シーラボ
〒111-0036 東京都台東区松が谷1-4-6-303
電話 03-5830-3474／FAX 03-5830-3574
http://lalunabunko.com

発　　売｜株式会社 三交社
〒110-0016 東京都台東区台東4-20-9 大仙柴田ビル2階
電話 03-5826-4424／FAX 03-5826-4425

印刷・製本｜シナノ書籍印刷株式会社

 ISBN978-4-87919-984-3